Die Melodie des Ölbaums und der Palme

AF286201

DIE MELODIE DES ÖLBAUMS UND DER PALME

Reisen in den Maghreb

Ingeborg Bauer

Bibliografische Information der Deutschen Nationalbibliothek:
Die Deutsche Nationalbibliothek verzeichnet diese Publikation in der Deutschen
Nationalbibliografie; detaillierte bibliografische Daten sind im Internet über
< http://dnb.d-nb.de > abrufbar.

© 2007 Ingeborg Bauer
Satz, Umschlaggestaltung, Herstellung und Verlag: Books on Demand GmbH,
Norderstedt
ISBN: 978-3-8334-6807-0

Vorwort

Die Melodie des Ölbaums und der Palme
Reisen in den Maghreb

Wenn man zum ersten Mal ein Land bereist, so steht das überraschende Moment, das spontane Erleben im Vordergrund. Es sind vornehmlich Bilder, die sich einprägen, es wird viel empfunden, die intellektuelle Verarbeitung dagegen nimmt bei einer wiederholten Reise größeren Raum ein. Das Wiedersehen mit den einzelnen Orten wird verbunden mit der Erinnerung an den Ort, das damalige Erlebnis wird durch die Erinnerung gebrochen, nochmals heraufbeschworen und mit dem neuen Schauen verglichen und verwoben. Es ist ein wenig, als lege sich über etwas unscharf gewordene Bilder der Erinnerung eine neue Schicht, die die alte durchschimmern lässt. Oder aber es sind in der gestalteten Erinnerung geformte Bilder, die nun im Wettbewerb stehen mit den neuen Eindrücken. Dies gilt für das Verhältnis der beiden Tunesienreisen im Abstand von sechs Jahren.

Marokko ist ein Zwischenglied, eine Art Scharnier, ein Bilderbuch von Geschautem, das zwischen Paradies und Inferno gegensätzliche Eindrücke zu verarbeiten sucht und die Landschaften des ariden, bzw. halb-ariden Gebirgslandes mit dem Meer konfrontiert, das ähnlichen Rhythmen folgt.

Ein Teil unserer Kultur kommt aus der Wüste, die monotheistischen Religionen von Judentum, Christentum und Islam haben sich dort strukturiert, sind aus der Reduktion, aus der Konzentration entstanden. Eine Wüstenlandschaft in ihrer spröden Kargheit bringt den Menschen dem Wesentlichen näher. Der Fels, der die Schichten vergangener Zeiten in seiner Nacktheit bloßlegt, verbindet ihn mit den Jahresringen der Bäume und läßt den einzelnen Menschen zur Besinnung kommen. Die Hitze des Tages, die Kälte der Nacht, Trockenheit und Sintfluten, zwischen diesen Extremen lebt der Nomade, und wir aus gemäßigteren Breiten sind in einem übertragenen Sinne vertraut mit dem Ausgesetztsein unseres Daseins, der Verwundbarkeit, der Endlichkeit, die unser Leben bestimmt. Dem steht die überwältigende Farbigkeit des Maghreb gegenüber. Überall, wo es Wasser gibt, entsteht eine paradiesische Vegetation, und die bunten Gewänder der Berberfrauen mit ihren Silbergehängen sprechen von einer Üppigkeit, einer Lebensfreude, die der Kargheit ihrer Umgebung widerspricht, ihr etwas entgegensetzt. Eine Reise in den Maghreb gibt uns Einblicke in das Fremde, Exotische, aber führt uns auch zurück zu uns selber, bereichert unsere Erfahrung mit dem eigenen Leben, schenkt uns Bilder der Erkenntnis.

TUNESIEN. REISETAGEBUCH – OSTERN 2000
MAROKKANISCHE FUGE
TUNESIEN. REISETAGEBUCH – PFINGSTEN 2006

TUNESIEN
REISETAGEBUCH
OSTERN 2000

*Der Wunsch zu reisen, hat jemand gesagt, entspräche der Sehnsucht nach dem
Original, dem Einmaligen, dem Anfang, der Utopie.*

Sonntag, 16. April 2000:

Auf dem Frankfurter Flughafen ist der Teufel los. Wir kommen nicht
zeitig genug wegen unserer Anreise mit der Bahn von Stuttgart. Das
Flugzeug ist überbucht. Schließlich bekommen wir noch Plätze. Das
Flugzeug startet. Uns folgt sein kleiner Schatten über dem Grund. Noch
sind Laub- und Nadelbäume farblich deutlich zu unterscheiden; die
Struktur eines Trockengestecks. ... *Und Städte gab's und Dörfer und das
bestellte Feld* ... Die Spinnennetze der Ortschaften, all die Feuersalaman-
der und springenden Hunde, die hockenden Bären, Kängurus und kleine
Saurier, ein Tatzelwurm von einem Fluss. Die Linien der Landschaft.
Schnee aus dem Dunkel der Nadelwälder: der Schwarzwald. Ein Stausee.
Dann beginnen die Federwölkchen zu tanzen, verdichten sich zu einer
Daunendecke; Meeresdünung am Himmel.

Jemand liest in den Suren des Korans während des ganzen Fluges.
Einer für alle.

Die tunesische Informatikerin neben uns arbeitet für Siemens in Tunesien. Sie hat in Deutschland studiert. Wir kämen in der richtigen Jahreszeit nach Tunesien, meint sie. Im Sommer werde es unerträglich heiß,
auch für Tunesier. Sie hat ein apartes Gesicht, ist sehr hellhäutig. Dieser
europäisch anmutende Typ des modernen Tunesiers hat häufig schöne,
klar geschnittene Züge mit großen braunen Augen.

Später unter uns im Dunst das Meer. Der halbmondförmige Schuh, die
Île Plane vor dem tunesischen Festland. Die Haut von Afrika, Höhenli-
nien und Ölbaumraster Ton in Ton, braun, ocker, grünbraun.

7

Im Bardo-Museum

Punisch-römische Stelen, punische Masken. Tonmasken zum Schutz der Toten; die guten lächelnden Gesichter sollen das Glück anziehen, die grimmigen Fratzen Unheil abwehren. Winzige Maskenköpfchen aus bunter Glaspaste werden den Toten beigegeben.

Die Grabstelen stellen die Göttin Tanit ins Zentrum, verknappt in die Formen von Kreis, Linie und Dreieck oder ausführlicher gestaltet mit Sonne und Mond, dem Granatapfel, der Flasche, enthaltend das so wesentliche Element des Wassers, einer Art schematisierter Urpflanze, der ganze Kosmos verkürzt, unten beginnend mit der Erde. Unter einem von Säulen getragenen Giebel der Verstorbene, darüber die Gottheit, das Paradies. Tanit ist eine Fruchtbarkeitsgöttin aus dem Osten, die funktional die griechische Demeter mit Aphrodite verbindet.

Die römischen Mosaikfußböden wurden meist auf die Wand übertragen, was das Betrachten vereinfacht, aber die Perspektive auch etwas verzerrt erscheinen lässt.

So eine Art Kalendarium: In den vier Ecken die Jahreszeiten, deren Girlanden sich berühren, der Kreislauf des Jahres. Die Sternkreiszeichen mit den sieben Göttern und Göttinnen der Wochentage.

Vergil mit einer Schriftrolle der Aeneis, zu seinen Seiten Klio und Melpomene, die Musen der Geschichtsschreibung und der tragischen Dichtung. Theatermasken. Mythologisches erscheint mit Odysseus und den vogelkralligen geflügelten Sirenen. Theseus kämpft mit dem Minotaurus inmitten eines modern anmutenden, stilisierten Labyrinths. Oceanos und die Fülle des Meeres. Das tägliche Leben auf einem Gutshof: Fischfang und Jagd, die Hausherrin in einem durchscheinenden Gewand. Ihr werden Rosen und Granatäpfel gereicht.

Sidi Bou Said

Der malerische Ort über Karthago und dem Golf von Tunis, blau-weiß eingefärbt: schmiedeeiserne Gitter werfen blaue Schatten auf weiße Wände; Fensterläden, bröckelnder Putz; Kopfsteinpflaster und Blick aufs Meer. Das knallig-üppige Rot des Hibiskus und der Bougainvillea, das Gelb der Mimosen, der Duft des Jasmin, die formstarken Opuntien und immer wieder die so erstaunlichen Palmen. Hier begegnen wir dieser Pracht zum ersten Mal. Farben und Formen, die 1914 die Maler Klee, Macke und Moilliet inspirierten, das Café des Nattes in der Nachbarschaft der Moschee. Ausblicke. Einblicke. Die tunesische Jugend flaniert hier am Sonntag.

Etwas abseits wirft der blaue Vogelkäfig dunkle blaue Schatten auf die helle Wand. Das Vogelopfer darüber ist getrocknet, mit überkreuzten Flügeln, von einem Nagel fixiert. Auch dies eine Warnung, Abwehr des Bösen?

Sidi Bou Said trägt den Namen des muslimischen Heiligen Abou Said ibn khalef ibn Yahia Ettamini el Beji. Nach der Legende war er mit dem französischen Heer unter Ludwig dem Frommen in den Kreuzzügen mitgezogen und hatte sich hier in eine Berberprinzessin verliebt. Er verließ den Kriegsdienst und heiratete sie, änderte seinen Namen und wurde zum Schutzheiligen des Dorfes. – Christen durften bis 1820 das Dorf nicht betreten.

Im Hotel erwartet uns eine blühende Rose vor dem Badezimmerspiegel. Am Strand ruft um sieben Uhr der Muezzin aus dem Nirgendwo eines Lautsprechers in die Dämmerung.

Montag, 17. April 2000:

Karthago

Der Himmel ist bedeckt. Es ist merklich kühler. Aber im Merianheft stand schon der Satz:»In Karthago regnet es immer«. Vom Byrsa-Hügel der Blick auf die verblauenden Berge des auslaufenden Atlasgebirges jenseits der Bucht von Tunis. Vor der Silhouette die eine Palme, die eine Säule. Die Römer haben ihr Straßenraster über das punische gesetzt, um 45° verschoben, so überschreibt man Geschichte.

Die Gründungslegende: Die Königstochter Elissa / Dido muss aus Tyros fliehen. Ihr Bruder hat ihren geliebten Mann ermordet. Sie holt Hetären aus Zypern und gründet mit ihnen Karthago gegen den Widerstand des ansässigen Herrschers. Sie darf soviel Land behalten als auf eine Kuhhaut geht. Sie schneidet diese Haut in so dünne Streifen und knüpft sie aneinander, dass sie den heutigen Byrsahügel umspannen.»Byrsa« heißt griechisch Ochsenhaut. Da sie ihrem toten Geliebten treu bleiben will, kann sie der Werbung des Berberfürsten nicht entsprechen. Eine Zurückweisung aber hätte die neuen Siedler gefährdet. Sie wählt den Feuertod.

Vergil dagegen schickt Aeneas zu Dido, die sich denn auch »sterblich« in ihn verliebt. Sie nimmt sich aus Liebeskummer das Leben, als er sie verlässt, wie es der von Jupiter vorhergesehene Lauf der Geschichte notwendig macht. Der Antagonismus zwischen Rom und Karthago nimmt seinen Lauf aus dieser so ganz persönlichen, gescheiterten Beziehung. Legende mit dem Körnchen Wahrheit – wie offenbar auch das Wort des alten Cato:»Ceterum censeo Cathaginem esse delendam.«

Blick aus dem Fenster des Museums auf dem Byrsa-Hügel: Umrahmt von zartem Marmor üppiges Wachstum. Knallig-rot der Wasserfall einer Bougainvillea zwischen flammenden Zypressen.

DER TOPHET

In einer Mulde wie in einer Muschel geborgen die Grabsteine von Kinder-gräbern der Karthager. Man muss Kinderopfer vermuten und denkt an Abrahams Bereitschaft, Isaak zu opfern. Archaisches Tun verursacht durch eine noch größere Bedrohung? Unser Nicht-wahrhaben-Wollen, das Nicht-wissen-Wollen und die Faszination des Unerhörten, des schrecklich Erschreckenden. Oder gab es einfach eine große Kinder-sterblichkeit, war es die Bitte der Eltern um erneuten Nachwuchs, eine Votivgabe in Form des toten Kindes? Wir wissen es nicht. Licht und Schatten fallen auf diese »Spielzeug«gräber und die Tränenschnüre der gelben Mimosen, die sich verneigenden Palmblätter. Unter dem Feigenbaum blüht roter Mohn wie gerade erst vergossene Blutstropfen.

Graues Karthago –
grauer Stein unter grauem Himmel
diese einzige Säule
vor dem indigofarbenen Meer
den verblauenden Bergen
jenseits der Bucht –
roter Mohn
und gelbe Blüten
tropfen
aus
deinem
tief-
blauen
Auge.

Im Souk von Tunis

Ganze Berge von Henna, der grünen Pflanze, getrocknet und zu Pulver zermahlen, mit Wasser angerührt dient sie hier nicht nur zum Färben der Haare. Vor der Hochzeit in der Hennanacht werden der Braut die Handflächen und Fußsohlen damit bemalt, ganze Kunstwerke bedecken so die Haut, denn die rote Farbe schütze vor bösen Geistern, so will es der Glaube. So wie der Silberschmuck der Frauen, die Ohrgehänge, die Hand der Fatima schützen sollen vor dem bösen Blick. Im Souk hängen Spiegel in ziselierten Metallrahmen, die die Form einer Hand haben. In den Berberhäusern hängen solche Spiegel gegenüber der Tür, auf dass der böse Geist, der eindringen wollte, zurückgeworfen werde nach draußen.

Eine Frau sitzt unter einem Ölbaum und versinkt in einen Traum. Neun Monate später gebiert sie ein Kind. Am Ort des Traumes wird eine Moschee errichtet, die Ölbaummoschee (oder Zitouna-Moschee). Heute steht sie mitten in den Souks. Nur die edleren Handwerker sind hier angesiedelt. Edel ist Schmuck, edel sind Bücher. Wissen zählt viel im Islam, Wissen zu vermitteln aber ist noch besser. Auch Düfte stehen hoch im Kurs, wohl wegen ihrer Nähe zum Geistigen. Alles was übel riecht und was Lärm verursacht ist dagegen in die äußeren Bezirke verwiesen.

Dienstag, 18. April 2000:

Sabâh el-chir! Sabâhkum el-chir!
Guten Morgen! Guten Tag!
Hâli labas? Hâli labas. Ça va? Ça va.
… Wir rollen hinaus aufs Land über Eukalyptusalleen. Sie sind wichtige Schattenspender, entsumpfen die Feuchtgebiete, die man in Nordafrika nicht vermutet. Palmen, das weibliche Prinzip, Zypressen das männliche. Weiße kubische Häuser. Opuntienhecken. Fächerpalmen mit lauter Händen der Fatima.

Pick-ups mit offenen Gemüsekisten, sehr farbenfroh und einladend. Gemüse aller Art wird im Norden angebaut, vor allem aber in der Gegend um das Cap Bon.

Die Hügelketten des Magot-Gebirges, ein Teil des Küstentells, des Atlasgebirges. Weiter im Nordwesten kämen dann die Korkeichenwälder. Das Atlasgebirge ist wie ein Riese, der sich über Nordafrika ausgestreckt hat und seine Füße in den Sand, in die Steppe streckt. Sein Bauch liegt in Algerien, seine Beine und Füße in Tunesien, das rechte Bein ist das Dorsale, das linke das Mir-Gebirge, sein großer Zeh ruht auf Sizilien. Hier im Norden lag die Kornkammer Roms.

Die Bauern – und das sind eigentlich alle Männer in dieser Gegend – tragen braune Kapuzenmäntel, die auf arabisch Kashabee heißen. Sie sind mit Schnüren und Kordeln verziert. Auf der Weide mit Schafen und Ziegen vermitteln ihre Träger etwas Archaisch-Alttestamentarisches. Unbeweglich verharren Esel unter den Ölbäumen.

13

Römerstädte

Heute ist der Tag der Römerstädte. Bulla Regia liegt am Fuße grüner Berge, hier soll es im Sommer unerträglich heiß werden. Davon merken wir nichts. Ein kalter Wind weht und läßt wunderbare Wolkengebirge über die Berge ziehen. »Bullae« hießen Röhrchen, in denen man einen Talisman aufbewahrte. Der Ort gleicht sozusagen einer Schmuckschatulle, wohl wegen der Fruchtbarkeit der Gegend. Hier wird das Licht später im Jahr durch die sommerlichen Wiesen gleiten in der Art, wie Monet oder auch Renoir sie gemalt haben. Hier sind die Wohnräume unter die Erde verlegt mit einem nach oben offenen Atrium – und zum Teil gut erhalten.

Dougga am späteren Nachmittag im schrägen, oft durch die rasch dahinziehenden Wolkengebirge dramatischen Licht. Dann leuchten die antiken Pflastersteine auf, die zum Tempel der kapitolinischen Trias führen, dem Tempel, der auch noch 2000 Jahre später das Tal beherrscht. Welch ein Anblick, welch ein Symbol für die Macht des Römischen Weltreichs! Golden glänzen die Blätter der Kapitelle der noch erhaltenen Säulen vor den nachtschwarzen Wolkenungetümen. Der auflebende Sturmwind bewahrt uns vor dem Regen, der dann am nächsten Morgen einsetzt, aber da sind wir schon auf dem Weg in den Süden.

Mittwoch, 19. April 2000:

Auch in Téboursouk ruft der Muezzin aus dem Lautsprecher, so dass es im ganzen Tal widerhallt. Nach einer kalten Nacht belohnt uns ein Blick aus dem schmalen vergitterten Fenster. Durch einen Ölbaumhain hindurch über Opuntienhecken fällt das Auge auf eine weiße Häuserlinie am Berghang: den Ort Téboursouk, von weitem so zeitlos alterslos – gipfelnd in der strahlend weißen Kuppel einer Moschee. Dahinter ein dunkler, indigoblauer Himmel, der das Weiß der Häuser nur noch intensiver zum Leuchten bringt. Unser Zimmer ist eine Mischung von Mönchszelle und

Ziegenstall und sicher aus letzterem hervorgegangen. Es liegt an einem einfachen, aber malerischen Innenhof mit Ölbaum, der an heißen Sommertagen sicher äußerst angenehmen Schatten verspricht. Doch noch lässt uns die Nacht frösteln.

Es beginnt zu regnen. Über Dougga steht ein Regenbogen. Hirten mit ihren Schafen, die farblich der Erde angepasst erscheinen, so als wären sie ein Teil von ihr: eine in der Tat alttestamentarische, archaische Landschaft. So wie Rilke sie in Andalusien erlebte.

In El Kef (kef heißt Felsen!) machen wir Halt, um für ein Picknick einzukaufen. Wir sind weit weg von touristischen Einrichtungen und müssen uns selbst versorgen. Der Regen fällt in Strömen. Wir sind in einer rein tunesischen Stadt. Im Straßenbild überwiegen die Männer in ihren braunen Kapuzenmänteln.

Noch gibt es Ölbäume, aber allmählich erscheint das Land weniger grün, wird zur Steppe. Opuntienhecken sollen den Boden mit Humus anreichern und werden danach zur Umrandung der Felder und als Windschutz eingesetzt. Opuntien blühen und entwickeln Früchte fast gleichzeitig. In der Steppe führen die Wadis nur periodisch Wasser.

Später halten wir, um Halfagras zu pflücken – um einen Eindruck von seiner Härte und Widerstandsfähigkeit zu gewinnen. Es wächst in Büscheln, man darf es nicht schneiden, es muss herausgezogen werden. Halfagras wird zur Papierherstellung verwendet, um Matten zu flechten, Matten, die auch die Säulen in den Moscheen schützen, an die sich die Beter lehnen.

Die Berglandschaft der Steppe ist wie von Flechten überzogen; Rot, Braun und Beige ist darin eingewoben, mannigfaltig sind die Strukturen. In Gafsa haben wir den ariden Süden erreicht, den präsaharischen Atlas. Er ist eine Barriere für Flussbetten. Die Gegend ist seit Urzeiten besiedelt. Wir fahren durch eine braun-beige Steinwüste mit einem Hauch von lichtem Grün. Flecken von Grün strukturieren den weiten flachen Talgrund. Noch säumen Eukalyptusbäume den Straßenrand, der links und rechts eine befestigte Erdspur für Esel bereitstellt.

In der Wüste

Wir sind in der Wüste. Wüste ist definiert durch die jährliche Niederschlagsmenge von 250-100mm/qm und einen bestimmten Winkel der Sonnenbestrahlung wie er entlang der Wendekreise gegeben ist. Ein Fünftel der Wüsten ist Sandwüste, der Rest ist Kies-, Stein- Felswüste. Während der Eiszeit hatte die Sahara ein feuchteres Klima. So gibt es artesische Brunnen und fossile Wasserreserven in noch größeren Tiefen, die aber nicht ersetzbar sind. Am Himmel erscheint eine wie mit dem Lineal gezogene Linie, die den wolkenverhangenen Himmel vom reinen Blau des Wüstenhimmels trennt. Am Wüstenhorizont erscheint eine einladende Uferlandschaft mit blauem Wasser, die erste Fata Morgana – genannt nach der Fee, der Schwester des Zauberers Merlin, die in der Umgebung von König Artus Verwirrung stiftete. Wir nähern uns der Oase Tozeur. Mitten in der Wüstenlandschaft erstreckt sich abgesenkt ein riesiger Palmenwald.

Tozeur

Unter der weiten Kuppel des »Palm Beach Palace« wurde ein kleiner Paradiesgarten gepflanzt. Umgeben von geschwungenen Treppenläufen grünt und blüht tropisch-subtropische Vegetation in ihrer ganzen Fülle. Dazwischen rinnt Wasser in ein Atriumbecken.

Wir schwimmen im Pool, beziehen eine angenehm temperierte Suite, geräumig wie eine feudale Wohnung, blicken auf ein nächtlich erleuchtetes Minarett und gehen vorbei an Hibiskus und Palmen, um fürstlich zu speisen. Einmal in der Welt von 1001er Nacht!

Gründonnerstag, 20. April 2000:

Wir müssen umziehen ins »Abou Nawas«, dessen Gelände direkt in die Wüste ausläuft, in Palmen, Schilfzäune und den ewigen Sand. In der Anlage selbst dominieren die Rottöne von Hibiskus und Bougainvillea.

Am Abend werden wir draußen auf der Terrasse speisen.

Abou Nawas, der Mann mit den langen Locken, ein Name, den ihm sein erster Lehrer gab, bereiste einen guten Teil der islamischen Welt, um danach 25 Jahre lang als Dichter am Hofe Harun Ar-Rashids in Bagdad zu wirken. In den Geschichten von 1001er Nacht fungiert er als Vertrauter des Herrschers. Dem war wohl nicht so, denn dieser schickte ihn mindestens zweimal ins Gefängnis wegen Trunksucht und politischer Unbotmäßigkeit. »Das nenn ich leben – nicht die zelte der nomaden / und nicht die fade milch sondern roter wein!« Und die homoerotische Knabenliebe, die er besang! Er war offenbar keiner, der gewillt war, den Mund zu halten. Er musste schließlich – nach einer Pilgerfahrt nach Mekka – ins ägyptische Exil. Als Harun Ar-Rashid im Jahre 800 starb, holte ihn dessen Sohn Al-Amin zurück. Abou Nawas war sein Lehrer gewesen. Die Jahre mit dem jungen Freund waren wohl die glücklichsten im Leben des gelehrten Mannes. Nach der Ermordung von Al-Amin starb kurz darauf auch Abou Nawas.

Im Museum von Tozeur ist das Leben der berberischen Oberschicht nachgestellt. Der Besitzer ist ein mit einer Österreicherin verheirateter Tunesier. Der junge Herr beim Schachspiel; der Notar brütet über dem Ehevertrag; die junge Braut in der Hennanacht; in der Gesellschaft ihrer Freundinnen werden die Hochzeitsgeschenke betrachtet. Nach dem Vollzug der Ehe, der demonstriert werden muss, feiert die Gesellschaft getrennt nach Geschlechtern. Daran habe sich auch durch die den Frauen ermöglichte Universitätsbildung nichts Entscheidendes geändert.

Die Poesie zeichnet ein anderes Bild:

> *Douce, tu es,*
> *comme l'enfance,*
> *comme les rêves,*
> *comme la musique,*
> *comme le matin nouveau,*
> *comme le ciel éblouissant,*
> *comme la nuit de la pleine lune,*
> *comme la rose,*
> *comme le sourire d'un enfant.*

> *[Abou el Kacem Chebbi]*

17

Tozeur ist der Mittelpunkt des Bilad (Bled) El-Djerid (des Gefildes der Dattelpalme). Die Stadt hat schon etwas von Schwarzafrika. Ihre Bewohner sind von dunkler Hautfarbe, ihre Gesichter erinnern an Jemeniten aus Ostarabien. Die Männer tragen hier Turban, die Frauen einen schwarzen Sefsari, der zugleich das Gesicht halb verdeckt. Ein weißer Streifen kennzeichnet sie als Verheiratete, ein blauer als Verwitwete. Unter der schwarzen Oberbekleidung aber blitzt das Rot, die Lebenslust des Orients.

Tozeur wurde ursprünglich von numidischen Oasenbauern gegründet. Von hier aus beherrschten sie den Karawanenhandel zwischen Nord und Süd. Die Römer nannten die Stadt Thusuros. Unter ihnen erreichte sie eine wirtschaftliche Blüte. Bis ins späte Mittelalter war Tozeur ein wichtiger Knotenpunkt des saharischen Karawanenhandels.

Das Minarett der Stadt ist erbaut im arabischen Bleistiftstil und überragt alles. Eigentlich bekannt ist Tozeur für seine Lehmziegelarchitektur. Ganze Häuserfassaden werden durch Vor- und Zurücksetzen gebrannter und unverkleidet belassener Lehmziegel gestaltet, die die Häuser gegen die große Hitze isolieren und wohl auch gegen die Kälte von Wüstennächten. Die dekorativen Ziegelstrukturen weisen geometrische Muster auf, die sich auf hier geknüpften Teppichen wiederfinden.

Der Mittelpunkt der Stadt ist der Marktplatz, benannt nach Ibn Chabbat, einem Gelehrten, der im 13. Jahrhundert ein System für die Wasserverteilung in der Oase entworfen hat, das immer noch Gültigkeit hat.

Dort gibt es auch eine Markthalle. Die Metzger haben den Kopf des jeweils geschlachteten Tieres ausgestellt. Ein Kamelkopf läßt so auf Kamelfleisch im Verkauf schließen. Im übrigen wimmelt es von Dattelverkäufern. In dieser Gegend werden die besten Datteln Tunesiens geerntet.

Hier erzählt man sich das Dattelmärchen, in dem sich eine Schlange jede Nacht in den Liebhaber eines jungen Mädchens verwandelt, bis er ihr befiehlt, die Schlange, die er eben auch ist, in der nächsten Nacht zu töten. Aus der Schlange erwächst die Dattelpalme, Lebensgrundlage und Symbol der Wüstenbewohner – für uns auch ein nicht wegzudenkendes

ästhetisches Element der Wüstenlandschaften.

Wüste erleben in all ihrer Vielfalt auf unserer nachmittäglichen Fahrt zu den Bergoasen der Hamada (Steinwüste):

Mides am Rande eines Canyons unmittelbar an der algerische Grenze ist das äußerste. Die Hütten über der Schlucht sind verlassen, ihre empfindlichen auf Ölbaumstämmen ruhenden Dächer sind verfallen. Die Wände gleichen sich dem dunkelockerbraunen Gestein an: Kultur entwickelt sich zurück in Natur.

Unten am Wasser hängen die bunten Teppiche zwischen den Palmen, werden Sandrosen angeboten in allen Größen. Am Wegrand blüht ein Granatapfelbaum. Ein Junge reitet auf einem Esel, vor sich den Grünfutterballen für das Vieh.

Auch die Bewohner von Tamerza haben ihr Dorf verlassen, nur die Moschee und die Gräber der Marabuts fallen durch ihr leuchtendes Weiß aus dem Rahmen, den der Stein vorgibt. Der Palmenhain versinkt wie ein See neben dem Dorf.

Nach Chebika gelangen wir durch eine Schlucht, der die Oase ihr Wasser verdankt. Hier öffnen sich bezaubernde Felseinschnitte mit Palmen, deren Hartnäckigkeit zwischen dem schroffen Fels fasziniert. Dadurch ergeben sich Schnitte, nicht zuletzt durch die Geschiebestrukturen des Felsens, die sich der Abstraktion nähern, eine kaum zu überbietende Zeichenhaftigkeit von Landschaft. Hier verbindet sich das Runde mit der Linie, das Weiche mit dem Kantigen. Von oben die Schau in die unendliche Weite der Wüste, im Rücken das Geschiebe des Gebirges, so stehen wir in den verfallenden Wänden aufgegebener Behausungen, ohne diese als solche wahrzunehmen.

Karfreitag, 21. April 2000:

Kutschfahrt hinein in den Palmenhain von Tozeur. Ein lichter Wald von angeblich 500 000 Palmen, meist weiblichen, denn die männlichen bringen keine Datteln ein. So müssen die Bäume künstlich bestäubt werden.

Vier-Stufen-Kultur. Oben die Palmen, in der Mitte Granatapfel, Aprikose und Feige. Darunter Tabak und Henna. Ganz unten wird Gemüse angebaut.

Tiefblaues Wasser unter dem lichten Palmenwald. Die Oase als Garten Eden, als Paradies mit Wasser, im Kontrast zur Trockenheit der sie umgebenden Wüste.

Eine Kutschfahrt in die Oase gleicht einer Fahrt zurück in eine Kindheitslandschaft und weckt entsprechende Gefühle. Ich stehe in diesem durchsonnten Wald und erinnere mich ambivalenter Kindheitsgefühle: die Freiheit, die dieses Verharren in einem Bereich von Licht und Schatten in mir hervorruft und sich doch als Einsamkeit wie ein Kokon um mich legt. Die »lange Weile« eines Sommertages, die vermeintlich unendliche Zeit, dieses Leben, das ohne Anfang und Ende erscheint, der

Kindheitsgeschmack von feuchter Erde. Das Sich-Verlaufen, dieses Hänsel-und-Gretel-Gefühl der Richtungslosigkeit, des Verlassenseins – der Wald, dieses Bild eben auch für die Gefangenschaft der Kindheit. Und wenn ich mich umschaue, so erblicke ich den Feigenbaum und die Blüten des Granatapfels, Bäume, die diese Symbolfrüchte tragen, die das Paradies heraufbeschwören, in dessen tiefblauem Wasser sich der Himmel spiegelt.

Chott el Djerid

Der Chott el Djerid, der Salzsee wie beschrieben in Karl Mays »Durch die Wüste« – ist eigentlich fossiles Süßwasser, das sich durch salzhaltiges Gestein und dadurch, dass es das Ziel aller Zuflüsse ist und dass Wasser in dieser Region rasch verdunstet, in eine schlammartige salzige Masse verwandelt, die zu durchqueren einstmals äußerst gefährlich war. Der Schott teilt Tunesien in zwei Hälften, in die sich nach Norden erstreckende zentraltunesische Steppe, die nach Süden hin immer karger wird, und in die Vollwüste jenseits des Salzsees.

Douz – Karawanenstadt in der Sandwüste (Erg)

Im Dezember findet hier das Saharafestival statt, wohl unter Einbeziehung einer in der Wüste erbauten Styroporfestung, die einst als Filmkulisse diente. Beim Gang hinein in die Wüste begegnet uns auch ein solcher Held zu Pferde, der ein Kunststück vorlegt und dann eine Reiseteilnehmerin mit aufs Pferd nimmt, wie eine Prinzessin. Ich denke an ein bestimmtes Bild von Kandinsky und an Virginia Woolfs »Orlando«.

Zwei Wundern begegnest du in der Wüste: der Palme und dem Kamel.

Die Palme vereint die Linie mit dem Raum, der Kuppel. Sie ist Stütze und Dach und spendet süße Nahrung. Das Märchen läßt sie wachsen aus der toten Schlange, in die ein Prinz zurückverwandelt vor der Tür der Geliebten erscheint. Vielleicht um nicht den Tod der Liebe abzuwarten, bittet er die zögernd-verzweifelte Geliebte, ihn als Schlange zu töten und wächst so, getränkt von Tränen der geliebten Liebenden, als Palme heran und wird zur Wohltat für die Bewohner der Wüste.

Palmen
Fächerpalmen
dunkle schattige Hände
schlanke Finger
die Hand der Fatima
vielfach
immer aufs Neue gespiegelt
bietet Abwehr vor der sommerlich
sengenden Sonne.
Hände allüberall
Hände, die sprechen,
die feilschen,
die nach dir greifen
und Hände der Abwehr:
die erhobene Hand.
Was du brauchst sind Hände,
die dich vor Unheil bewahren.

Nun zum Kamel. Im allgemeinen ist es ein einhöckeriges Dromedar: Sein Gang auf hohen schlanken Beinen ist eigentümlich staksig und fremd und gleicht doch in der Eleganz seiner Bewegungen wie im Charakter einer Ballerina. Es wird gesagt, es sei zuweilen arrogant, kenne es doch als einziges Lebewesen den 100. Namen Allahs, der Mensch kenne nur 99. Sein Blick, wenn er dich streift, trifft dich von sehr weit oben. Gesetzt und überlegt ist sein Schritt, und voller Leichtigkeit lässt es seinen Reiter immerwährend kreisen. Die breiten Hufe sichern seinen Stand. Es ist ein Meister der Sparsamkeit und des Haushaltens. Wunderbar fremd und vertraut zugleich ist dieser Tanz über Sand und Stein, das immerwährend balancierende Kreisen!

Erhebt sich das Kamel, so stellt es sich zunächst auf die Hinterbeine und du fällst nach vorn, du hast dich noch nicht von dieser plötzlichen Bewegung erholt, so fällst du nach rückwärts durch das Aufstellen seiner Vorderfüße und dann begibst du dich in dieses Kreisen, das dich zurückträgt in deine Anfänge, das Getragen-Werden im Mutterleib – es ist dir sofort vertraut. Reiten auf dem Kamel ist ein Sich-Hingeben an den Rhythmus des Lebens, erinnert an den Vorgang der Geburt. Unbe-

wusstes, Unterbewusstes wird in der Bewegung erfahren: dieses immerwährend balancierende Kreisen!

Kamele kamen zur Römerzeit aus dem Orient nach Nordafrika. Alles,
was das Kamel produziert, ist wertvoll. Durch Schnelligkeit und Aus-
dauer, Genügsamkeit und Geduld ist das Kamel als Reit- und Lasttier
in der Wüste bestens geeignet.

Der lange Hals des Kamels dient als Balancierstange beim Aufstehen
mit großer Last. Auf diese Weise kann es bis zu 300 kg tragen. Füße und
Gelenke sind durch eine dicke Hornschicht vor der Hitze isoliert. Der
Höcker dient als Fettspeicher. Es kann große Mengen von Flüssigkeit
speichern und seine Körpertemperatur der Außentemperatur anpassen.
Es ist äußerst genügsam und begnügt sich zu Zeiten mit dürren Halmen,
die sich auch noch im Wüstenboden finden. Das Kamel ist Mittelpunkt
des Beduinenlebens, Existenzgrundlage der Großfamilie, Richtschnur

der sozialen Ordnung, Maßstab für Zeit und Raum. Die Dauer einer Reise zählt man in Kameltagen, die Tageszeiten nach dem Rhythmus des Kamelmelkens.

Das Leben der Wüstenbewohner war vom Morgen bis zum Abend bestimmt durch die Beschäftigung mit dem Kamel. Die Gespräche kreisten um das »Wüstenschiff«.

DER KAMELTREIBER

Der Kameltreiber besitzt offenbar zwei Kamele, ein helles und ein dunkles und deshalb sucht er nach zwei Personen, die zusammengehören, ähnlich wie seine beiden Kamele. Er scheint uns ausgewählt zu haben. Er ist schmal und klein und scheint uralt oder doch wenigstens alterslos und ist ungeheuer besorgt um unser Wohlergehen oben hinter dem Höcker des Dromedars. Das dunkle Kamel reibt gelegentlich seinen Kopf an dem meines Kamels, als wolle es seiner Sorge und Zuneigung Ausdruck verleihen.

Unser Kameltreiber hinkt ein wenig, ein Ödipus der Wüste. Sein Gesicht ist von der Sonne gegerbt – vielleicht erscheint er deshalb so alt und so weise. Der Rest seines Körpers ist unter der Kleidung verborgen. Er trägt einen Turban – wie wir. Meiner löst sich immer mehr. Als wir eine im Grunde völlig unnötige Rast machen, bemüht er sich, die Stoffbahnen wieder auf meinem Kopf zu fixieren. Ich soll mein/sein Kamel streicheln, er lässt sich mit mir und dem Kamel fotografieren – und so erfahre ich spätestens von diesem Photo, dass er eigentlich ein jüngerer Mann ist. Das passt auch besser zu seinen sechs Kindern, drei Töchtern und drei Söhnen im Alter von einem bis vierzehn Jahren. Ich erzähle ihm von unseren zwei Söhnen. Er will wissen, ob sie arbeiten. Ich sage, sie studieren. Ob sie danach arbeiten werden? Die Frage scheint ihm wichtig. Er wiederholt sie, um ganz sicher zu gehen. Ob er uns wohl für sehr reich hält, so reich, dass wir nicht arbeiten müssen? Er meint es gut mit uns. Er füllt uns eine in der Wüste liegengebliebene Plastiktüte mit

Saharasand, der natürlich überall eindringt. Aber ein Geschenk kann man nicht abschlagen, nicht einem Beduinen in der Wüste. Er fragt nach meinem Namen und schreibt ihn kalligraphisch schön in den Sand, meinen Namen, so wie er ihn verstanden hat. Leider habe ich ihn nicht nach dem seinen gefragt. Er sagt, »Vous êtes très gentille.« Dann wirft er sich wie ein Kind in den Sand. Doch nur für einen Moment. Er gehorcht wohl mehr einem Reflex, der Routine seiner Tage. Gleich geht es weiter. Wir wissen nun schon, dass ein Kamel zuerst mit den Hinterbeinen aufsteht und danach mit den Vorderbeinen nachzieht. Entsprechende Bewegungen vollziehen unsere Körper, die allen Schaukelbewegungen des Kamels folgen. Diese Art der Fortbewegung hat etwas Beruhigendes. Mir ist, als täte ich es nicht zum ersten Mal. Beim Abschied fragt er uns nach unserem nächsten Ziel und bittet um einen Kugelschreiber. Nie habe ich mehr bedauert, keinen bei mir zu haben. Wir verabschieden uns mit Handschlag von unserem Freund in der Wüste.

Und jeden Abend ein Fest! In Douz ist dieses Fest besonders gelungen. Durch das schmale Fenster dringen die afrikanischen Trommeln. Die Sterne leuchten heller als irgendwo.

Was ist Wüste?

Wüste ist
Land des Ursprungs
archaisch einfach
und komplex zugleich
Größe
Weite
und Vielfalt
Vielfalt der Strukturen
der Zwischentöne
des Ton in Ton
die bewirken ein
Öffnen der Augen
für die Metamorphose
des Immergleichen.

Wüste ist
alttestamentarisch
in ihren Formen
in der Ökonomie des Lebens
der Vereinzelung
und engen Verbundenheit
von Tier und Mensch
der Hirt und die Herde
das Zelt des Nomaden
die ungebrannten Lehmziegel
die der Regen erodiert:
Rückkehr zum Ursprung.

Wüste ist
Mangel an Wasser
jenseits von Palmen
von Feige und Granatapfel.
Wüste ist
reduziertes Leben
Besinnung auf den Ursprung
den Sinn.
Die Proportionen von
Mensch und Welt
verändern sich:
der Mensch so klein
ausgesetzt
und geborgen
im Unendlichen:
die kleine Frist
in der Unendlichkeit.

Samstag vor Ostern, 22. April 2000:

Abschied von Douz. Unterwegs treffen wir auf Kamelherden, die sich selbst überlassen scheinen. Doch befindet sich meist ein Hirte in ihrer Nähe, und die flachen braunen Beduinenzelte einer Großfamilie stehen irgendwo in der Wüstensteppe unauffällig in die Landschaft eingepasst.

Durch die Ksourberge – einem Teil des Dahargebirges – den Nordrand der Sahara entlang. Braun verbrannt mit Terrassenlinien: kleine grüne Flecke zwischen grauem Stein und brauner Erde. Der äußerste Süden Tunesiens ist fast völlig unbesiedelt.

DAS JAHR DER BERBER

Im November die Aussaat. Die 20 Tage und Nächte vor und nach der Jahreswende gelten als Höhepunkt der schwarzen Magie. Man trifft jetzt keine zukunftsträchtigen Entscheidungen. Häuser und Ställe werden mit Wasser besprengt. Man bleibt im Hause. Draußen toben die Geister (djin). Ende Februar gibt es vier Tage lang so etwas wie unsere Eisheiligen. Früher trug man Masken. Der Knecht konnte dem Herrn die Wahrheit sagen, eine Art umgekehrte Welt. Heute wird man nur gut essen. Damit das kommende Jahr gute Erträge abwerfe.

Tamezret ist ein malerisches Berberdorf auf einem Hügel. Ein kleines Museum, dessen Objekte von einem Aussteiger aus Tunis liebevoll zusammengetragen wurden. Hier steht ein Spiegel gegenüber dem Eingang, er wirft alles Böse, das an uns hängen könnte, zurück auf die Straße. Am Schmuck der Frauen viele apotropäische Einzelheiten. Nicht nur die Hand der Fatima, auch Schere und Schlüssel, der Fisch. Auf der höchsten Stelle ist ein kleines Café mit einem Ausguck. Wir trinken Mandeltee.

MATMATA

Die Mondlandschaft der Berberhöhlen, die häufig verfallen. In die Kreidefelsen lassen sich leicht Höhlen graben. Sie sind kühler im Sommer als die moderneren Häuser oben. In einem der bewohnten Museen will uns ein kleiner etwa Zwei- bis Dreijähriger mit großen braunen Augen abwehren, er hält uns die ausgestreckte Hand entgegen, die Gebärde der Fatima. Dann wirft er sich souverän auf seine Schlafmatratze im Kinderzimmer und schießt uns mit seiner Spielzeugpistole alle tot. Später imitiert er das Mahlen des Korns zwischen Steinen und ist ganz bei der Sache. Er versucht gewissermaßen alle gegenüber den Touristen möglichen Verhaltensweise in ihrer einleuchtenden Folge: Abwehr, Drohung und dann Eingehen auf die Wünsche der Fremden, um ein Geschäft zu machen.

Das etwas ältere Mädchen lächelt anmutig-scheu an der Seite der Mutter. Die Unterschiede zwischen Jungen und Mädchen in Tunesien sind auffallender als bei uns. Kinder und Alte betteln auf sehr aufdringliche Weise. Ein kleines Kind mit Lätzchen artikuliert vielleicht die wenigen Worte, die er sagen kann: »Stylo, bonbon, Dinar«.

Die hellbraunen Bergdünen sind mit größeren oder kleineren grünen Flecken übersät und weiter oben ganz kahl. Wenn noch Palmen oder Ölbäume wachsen, dann auf Terrassen, die die wenigen Niederschläge festhalten. In Matmata sind Schaffelle die am heftigsten angebotene Ware.

Vielleicht gehört in diese Gegend die Geschichte vom Zaubercouscous. Da beobachten zwei Männer im Wald eine alte Frau, die Holz und Knochen zusammenschlägt und dazu tanzt. Sie entreißen ihr schließlich das Geheimnis um ihr seltsames Tun. Des Nachts sammelt sie die Tränen des Mondes und bereitet mit deren Hilfe einen Couscous. Gibt eine Frau ihrem Mann davon zu essen, dann folgt er ihr willig. Irgendwie geht dann das Rezept verloren.

MÉDENINE

Die Ghorfas sind die Lagerschuppen der Nomaden. Sie sind wie eine Wehrburg im Viereck zusammengebaut mit einem Eingangstor. Zu den einzelnen Häusern führen Treppen, einfach, kindlich, schnell und direkt. Doch waren die Türen bei Abwesenheit der Nomaden verrammelt. Ein Wächter schob Wache für alle. Heute kann man auf die Dächer steigen und hinunter blicken auf einen als Souk benutzten Hof.

Djerba

Über den ursprünglich von den Römern angelegten Damm nach Djerba. Hotel »Abou Nawas Golf«. Der weise Genießer findet sich öfters in den Namen von Hotels. Ein Zimmer mit Balkon und von der Galerie davor ein Blick hinunter in die großzügig angelegte Halle mit dem Brunnen, dem sternförmigen Leuchter. Vor dem Fenster der Vogel, der Warnrufe ausruft wegen der Katze; und auch Fliegen sind Teil des Paradieses. Palmen soweit das Auge reicht. Araukarien. Bougainvillea in allen Schattierungen von Rot. Hibiskus und Oleander. Und am Abend fließen Himmel und Erde ineinander. Ein Gruppe hoch zu Ross reitet in den Sonnenuntergang hinein.

Ostersonntag, 23. April 2000:

Besuch des Töpferdorfes Guellala auf Djerba. Vorführung durch den berühmten Meister. Viele Schulklassen sind unterwegs in den Läden. Was sollen sie hier? Anregungen für eigenes kreatives Tun?

La Ghibra, die Wunderbare, die Synagoge auf Djerba. Schon seit Nebukadnezar soll es Juden auf der Insel gegeben haben, aber sicher sind sie da seit der Römerzeit. Juden sind häufig Silberschmiede. Die verwendeten Muster sind ähnlich wie bei den Berbern, von denen sie in den Islam gelangten. Auf Djerba beeinflussen sich die Religionen besonders intensiv. Auch die Muslime Djerbas gehörten einer Minderheit an. Fatimas Hände, die hier anders heißen, finden sich auch in der Synagoge, auch das Spinngewebe Gottes auf glasierten Kacheln, die Fische wie ein Dach um 90° gegeneinander gedreht. Auf den jüdischen Gräbern findet man keine Steinchen, eher Blumen. Ursprünglich trugen die Juden hier die blauen knielangen Kittel. Inzwischen tragen ihn auch Muslime. Die Frauen auf Djerba schreiten einher in einer fröhlichen Tracht: zum konisch zulaufenden Strohhut einen hellen Umhang mit orangenem Streifen. Welch ein Kontrast zu den schwarzen Sefsaris in Tozeur!

Ostermontag, 24. April 2000:

Vielleicht traf Odysseus auf Djerba auf die Lotophagen, die Lotosesser. Bei diesem legendären Volk kosteten einige der Seeleute vom Lotos und vergaßen alles um sich her, so dass man sie mit Gewalt zum Schiff zurück treiben musste.

Auf der Fähre zurück zum Festland beschäftigt mich das jung vermählte Paar, sichtbar an den mit Henna bemalten Händen der jungen Frau. Sie sitzen nebeneinander wie zwei Fremde und blicken sich nicht an. Später läuft der junge Mann neben einer älteren Frau eine Straße hinauf, die junge Frau geht einige Schritte voraus, allein.

Wieder begleitet uns die flache gelb-ockere Wüstensteppe. Streifen entstehen durch die unterschiedliche Tönung des Sands. Dazwischen formieren sich blautonige Schatten. Ölbäume und Halfagras. Eine tiefblaue Lagune. Nomaden – Frauen über den Acker gebeugt, weit weg von jeder Behausung. Eine Frau trägt Grünfutter in einem Tuch auf dem Rücken. Eine in rotem Gewand ohne Mantel, andere in farbigen Röcken arbeiten auf dem Feld. Frauen auf der Erde hockend mit Kopftuch. Diese Berberfrauen sind vergleichbar den Drusen. Unter ihren farblos-formlosen Mänteln tragen sie Kleider in leuchtenden Farben und schwer hängenden Silberschmuck. Herden von Ziegen und Schafen, dabei viele junge Tiere.

Wieder fahren wir durch Eukalyptusalleen und werden von Palmen begleitet, dann und wann ein grünes Feld. Granatapfelblüten leuchten. Das gleichförmige Raster der Olivenbäume und viel Pan unter diesen Veteranen. Wir haben die südliche Sahelzone erreicht.

Halt in Maharéz. Ein Skulpturenpark aus Angeschwemmtem am wenig einladenden Strand. Schließlich erreichen wir Sfax. Das Stadttor: man läuft gegen eine Wand. Dies ist Schutz. Wir besuchen einmal mehr einen Souk.

Unser Hotel heißt »Green Park« in Port El Kantaoui und liegt in der Nähe von Sousse.

Dienstag, 25. April 2000:

FAHRT NACH KAIROUAN

Das Grün der Sahelzone, die Ölbäume zwischen Opuntien- und Agavenhecken, bleibt hinter uns zurück. Wir sind von einer Steppenlandschaft umgeben. Angeblich brachte eine Lanze eine Quelle zu Tage, aber es ist wohl richtiger, dass strategische Gründe den Ausschlag gaben für die arabische Gründung von Kairouan, dem viertheiligsten Ort des Islam. Oqba Ibn Nafi, Befehlshaber des nach Nordafrika vorstoßenden arabischen Heeres der Omajaden-Kalifen von Damaskus und seit 670 Gouverneur von Ifriqiya, errichtete mitten in der Steppe sein Feldlager. Kairouan entsprach dem Klima Arabiens, war unwirtlich und glutheiß, und wurde fortan Ausgangspunkt für die islamischen Eroberungen von Afrika bis Spanien. Unter den Aghlabiden im 9. Jahrhundert erlebte die Stadt ihren Höhepunkt. Da Wassermangel herrschte, bauten sie riesige Bassins und leiteten Wasser aus den Bergen über 36 km nach Kairouan. Auf die Aghlabiden (800-909) folgten die Fatimiden (909-973). Danach verlor Kairouan an Bedeutung, blieb aber Wallfahrtsort, lag immer noch geschickt an den Handelswegen, war Zentrum der Wissenschaften, hochgeachtet im Islam. Hauptstadt aber wurde Tunis.

BARBIERMOSCHEE

Er war nicht der Barbier Mohammeds, der Gründer dieser Moschee, doch soll er drei Barthaare des Propheten unter seiner Bauchdecke eingenäht haben, was ihn zum Heiligen machte. Viele zartgliedrig bemalte Kacheln an den Wänden erinnern an Andalusien. Der Bau als Ganzes und sein Stuck im Innern sind eine Mischung aus türkischen und andalusischen Elementen des 17. Jahrhunderts. Teilweise zeigen die Ornamente auch indische Symbole. Der Architekt soll ein muslimischer Inder gewesen sein. Sein Grab liegt rechts von dem des Sidi Sahab, des Gründers der Moschee.

Die Struktur, die in der islamischen Welt mit Spinnwebe Gottes bezeichnet wird, erklärt sich aus der immerwährenden Spiegelung des Buchstaben Aleph. Mit seinem Körper schreibt der Gläubige im Gebet den Namen Alahs 17mal am Tage (2 + 4 + 3 + 4 + 4)! Der Gelähmte kann die vorgeschriebenen Bewegungen mit den Augäpfeln vollziehen.

Kairouan oder das Aleph der Unendlichkeit

Wie ein Schlüsselloch
ist der Hufeisenbogen
vor den Gebetsraum gesetzt,
den Wald von Säulen,
der Träume auffängt,
Träume ausgelöst von diesem
Gesicht im Brunnen,
das so fremd
und doch das eigene war.

Träume,
die sich lösen
aus den Schatten,
das Wort,
das unhörbar
im Raum verklingt.

Der Glaube,
der aufsteigt
aus dem Labyrinth
der Teppiche,
aus den Mandalas der Fliesen,
aus dem immer gleichen
immer aufs Neue
um seine Achse gespiegelten
Buchstaben A,
so dass das A des Anfangs
im Ende,
im Unendlichen
enthalten sei.

Sidi Oqba Moschee oder Grosse Moschee

Diese Moschee ist das bedeutendste und zugleich älteste Bauwerk in Nordafrika. Mit seinem gewaltigen Minarett ist sie Vorbild für die ganze spätere Sakralarchitektur des Maghreb. Sie wurde in ihren Ursprüngen von dem arabischen Eroberer und Stadtgründer Kairouans Oqba Ibn Nafi im Jahre 672 errichtet. Um 836 war sie in ihrer heutigen Form fertig. Wie in jeder Moschee gibt es einen speziellen Ort für die Waschungen. Der Innenhof ist von antiken Säulen umgeben, Spolien der Römerstädte der Umgebung. Siebzehn holzgeschnitzte Türen führen zu den siebzehn Schiffen der Moschee. Eine Sonnenuhr im Innenhof. Ein eingelassener Brunnen, der das Wasser wie eine Art von Sieb filtert, indem er die Rückstände ablagert. Darunter ist ein Wasserreservoir. Links davon ist eine Zisterne mit Seilspuren, aus der man heute noch Wasser schöpft. Der eigentliche Gebetsraum ist ein Säulenwald, in dem ein gedämpftes Licht herrscht. An der Qibla orientiert sich der Gläubige. Sie gibt die Richtung nach Mekka an. An ihr liegt auch der Mihrab, eine überkuppelte Gebetsnische, der ästhetische Höhepunkt des Gebetsraums. Doch enthält der Mihrab nichts, was dem Altar der Kirchen gleichkäme. Von der Minbar aus dem 9. Jahrhundert, der ältesten erhaltenen in der islamischen Welt, predigt der Imam beim Freitagsgebet. In der Maksura sitzt die Herrscherfamilie, die so hinter einem Gitter, für die Betenden unsichtbar, am Gottesdienst teilnehmen kann. Der Wald von Säulen, die mit Matten abgedeckt sind, so dass der Gläubige sich anlehnen kann, ohne dass der Stein mit der Zeit abgeschliffen würde. Zwei junge Mädchen in Kopftüchern haben ihre Arme umeinander gelegt und nähern sich so dem Mihrab, der Gebetsnische. Welches Anliegen wollen die beiden mit Allah allein abhandeln?

Die Moschee der drei Tore wurde 866 von Mohammed Ben Khairoun aus Cordoba gegründet. Die islamische Baudekoration stammt aus dem 9. Jahrhundert. Die kufische Schrift umrahmt schwungvoll den Fries mit floralem Dekor und unterschiedlichem Muster. Eine puritanische

Kunstrichtung des 9. Jahrhunderts.

DAS TUNISTOR UND DIE SOUKS DER MEDINA

Hier spürt man noch etwas von den Farben und Formen von August Macke. Dieses Blau-Weiß mit der Patina des Hinfälligen, Verfallenden. Die blauen Türen und Gitter, die traditionellen Gewänder. Und der müde Mann auf dem blauen Karren vor dem Tunistor. Warten, worauf? Warten als Lebensvollzug.

Kairouan: Medina

Dieses Blau spiegelt
das Blau des Himmels
wie das weiche Weiß der Wände
das Sonnenlicht.
Wo der Putz dünn wird,
schimmert Farbe,
wo er bröckelt,
erzählen Leonardos Flecken
vom Leben der Bewohner
abstrakt verhalten
wie die Ornamente
der blauen Fenstergitter.

MONASTIR

Der Ribat, ein Wehrkloster. Bauherr war Hathema Ben Ayoun, Kommandant der arabischen Armee in Nordafrika. Sein oberster Befehlshaber war der legendäre Kalif Haroun Ar-Raschid von Bagdad. In der Südwestecke ragt der Nador auf, eine schlanke Nadel. Von dort hat man eine schöne Aussicht auf das blaue Meer, den hellen Sand und das Mausoleum von Habib Bourgiba mit seiner goldenen Kuppel, eine Art Tadj Mahal. Monastir ist prächtig herausgeputzt, alles vom Feinsten, wie geleckt.

Eindrucksvoll auch der muslimische Friedhof neben dem Mausoleum. Der Tote wird normalerweise am nächsten Tag begraben, nur in ein Tuch gehüllt, die Männer. Die Frauen bekommen einen Sarg. In der ersten Nacht wird der Verstorbene zu Hause aufgebahrt. Angehörige flüstern ihm das Glaubensbekenntnis ins Ohr, geben ihm Hinweise für das geziemende Verhalten. In den ersten 40 Tagen, so glaubt man, sei der Tote noch nicht ganz tot. Damit er sich sorgfältig auf das Endgültige vorbereiten könne, hält man die Frauen fern vom Grab, damit sie nicht durch ihr Wehgeschrei den Toten stören.

Mittwoch, 26. April 2000:

SOUSSE (HADRUMETUM)

Soussa heißt die Füllung eines hohlen Zahns, im Arabischen nennt man so die Füllung in byzantinischen Mauern. Die Stadt heißt auch Frugifera: die Fruchtbare. Sie gilt als Perle des Sahel.

Das Museum ist in der Kasbah untergebracht, einer Stadtburg aus dem 9. Jahrhundert. Sie ist Teil der Stadtmauer aus der Aghlabidenzeit, die noch immer die Altstadt, die Medina, umgibt.

Wieder begegnen wir römischen Mosaiken, so dem Schlangenhaupt der Medusa. Eine schöne Frau ist Medusa ursprünglich, dann hatte sie eine Affäre mit Poseidon im Tempel der Athene, und wird dort von der Göttin überrascht und bestraft. Dadurch ändert sich ihr Wesen und ihr Antlitz vollständig. Perseus erschlägt sie, um sie unschädlich zu machen. Da ihr Anblick jeden Sterblichen lähmt, erschlägt er sie mit Hilfe ihres Spiegelbilds. Ihr fürchterliches Haupt findet sich nun am Schild der Athene, die sie durch ihre als Frevel gegenüber der Göttin empfundene Tat beleidigt hat.

Ein anderes Mosaik zeigt Athene und Poseidon im Kampf um die Vorherrschaft in Athen, die zugunsten der Athene und des Ölbaums entschieden wird. Ganymed und der Adler, hinter dem sich Zeus verbirgt.

Er macht ihn zum Mundschenk und Gefährten. Alle Arten von Fischen schwimmen aus einem Korb. Das Meer bedeutet Fülle und Reichtum. Handelt es sich um Werbung für ein Fischgeschäft? Der tragische Poet mit seinen Masken. Theaterszenen von Girlanden umwoben, an den Knotenpunkten Theatermasken. Yin und Yang: wie kommen sie in der Frühe in diesen Kulturkreis? Sind sie ein Symbol des Menschlichen schlechthin, unabhängig von geographisch fixierten Orten? Sie repräsentieren den dunklen und den hellen Aspekt aller Dinge, das Irdische und das Göttliche, das Negative und das Positive, das Weibliche und das Männliche, sind Ausdruck des Dualen.

Und dann etwas Neues: Tonfliesen, sehr archaisch gestaltet ein Christuskopf, Adam und Eva zwischen Säulen, getrennt durch den von der Schlange umwundenen Baum der Erkenntnis. Der Heilige Georg oder zumindest doch ein Reiter, der mit einer Schlange kämpft. Sonnengesichter und einmal mehr die punische Tanit.

Den Nachmittag verbringen wir am Strand von Port El-Kantaoui. Ein starker Wind bläst vom Meer. Das Wasser ist noch kühl. Im Hotelzimmer beginne ich zu schreiben. Die Sonne geht rotviolett hinter Palmen unter. Morgen geht es zurück nach Tunis und nach Hause.

Donnerstag, 27. April 2000:

Die Spitzen der Eukalyptusbäume sind hellgrün, Wachstumstriebe, das Grün des Islam. Die extreme Farbigkeit von Hibiskus und Bougainvillea liegt nun hinter uns. Ein grauer Himmel legt sich grau auf das Land. Grüngraues Tunesien, verschleierte Schönheit, so ähnlich den halbverschleierten Frauen, die unter ihren dunklen Tüchern die bunte Farbigkeit ihrer Gewänder verbergen, wie Drusen, bei denen nur der Eingeweihte das edle Innere erahnt. Die Farbigkeit der Kleider unter dem Kaftan als psychische Metasprache, ein weitgehend gehütetes Geheimnis gegenüber der Welt.

Marokkanische Fuge
Eindrücke einer Marokkoreise
Ostern 2002

I   Marokkanische Klänge – Prelude / Tageswirbel im Souk von Marrakesch / Mondschein in der Sandwüste / Ausklang.

II   Paradies: Chellah in Rabat / Kasbah des Oudaias in Rabat / Jardin Majorelle in Marrakesch / Römisches Volubilis / Marokkanische Medersen und Minarette
Inferno: Ksour in Rissani – »und die 40 Räuber«: Kinder in den Oasen des Hohen Atlas – Souk in Marrakesch: Souk der Schmiede - Schlangenbeschwörer – Sintflut: Ende und Anfang.

III   Landschaft – Hoher Atlas. Anti-Atlas. Erd-Ge-Schichten.
Kleesche Baum-Melodien. Zedern. Ölbäume.
Steineichen. Akazien. Arganien.
Hirte und Herde. Schafe und Ziegen. Esel. Kamele in der Wüste.
Das Hocken der Berber. Das Stille-Stehen in der Wüste.
Menschen in der Wüste.

IV   Meer: Casablanca: die Moschee aus dem Morgendunst zwischen Himmel und Wasser schwebend. Rabat: Das brausende Meer. Wellengang. Ein unvorhersehbarer, ein erratischer Rhythmus. Unter marokkanischem Himmel: Reisen mit leichtem Gepäck.

WÜSTE: FARBEN UND FORMEN. DIE LINIE. DIE STILLE. DAS ERHABENE. DER BLAUE TUAREG EINSAM IM WIND. DER SALZSEE. DER SILBERNE VOLLMOND. DIE MUSIK. JENSEITS DER WORTE UND NAHE DEM SCHLAGENDEN HERZEN. MEER BEI AGADIR: AUSKLANG.

I
Marokkanische Klänge

Prelude

Über der Römerstadt Volubilis bricht die Nacht herein. Ein leises Trommeln dringt vom Dorf herüber, später antworten Trommelschläge aus der anderen Richtung – es kommt zu einer leisen Zwiesprache im Dunkel der hereinbrechenden Nacht, und wie bei einem Gespräch gibt es Pausen der Besinnung, während die Sterne heller zu leuchten beginnen.

Tageswirbel im Souk von Marrakesch

Lautes Trommeln, so scheint es, von allen Seiten, ein bedrohliches Crescendo, von disharmonisch-metallischen Klängen begleitet. Rote Arme und Beine scheinen uns wie dem Schlangenbeschwörer entkommene Kreaturen zu umzingeln, zischend und keuchend; völlig außer sich geraten, zeigen ihre zu Fratzen entstellten Gesichter weit aufgerissene Augen und ein Gebiss übergroß erscheinender weißer Zähne. Wie von Sinnen tanzen diese gertenschlanken Gestalten, um zu verschwinden und wieder aufzutauchen, für uns wie die bösen Geister, die die Berber überall vermuten … baraka!

Mondschein in der Sandwüste

Sand steht buchstäblich in der Luft und beschränkt die Sicht fast völlig, bis sich die Dünen wieder enthüllen und dieser rote Sand Marokkos sich ins Unendliche zu erstrecken scheint. Irgendein Regen irgendwo hat einen Salzsee entstehen lassen und mit blassroten Flamingos besiedelt.

Als der volle Mond aufgeht, glänzt das Wasser silbern. Beduinen beginnen leise zu trommeln, zuerst im Nacheinander der Stimmen, die sich mehr und mehr aneinander schmiegen, sich angleichen und gegeneinander antreten wie die unterschiedlichen Herzschläge der Musikanten.

AUSKLANG

Im Atlasgebirge verdichten sich die Kleeschen Baum-Melodien der Bergter-
rassen zu komplizierten Fugen, die Kontraste der farbigen Erde schaffen
Kontrapunkte, die auf die Fermaten der Felsriegel stoßen. In der grünen
Coda der Oasentäler scheinen sich grüne Echsen zu schlängeln: Ausfließen
der Melodie der Bäume. – Der morgendliche Dunst führt die Töne an die
Ränder des Hörbaren, verwandt der großen Stille der Wüste.

II
PARADIES

CHELLAH IN RABAT

Wir befinden uns auf historischem Grund. Hinein führt der Weg durch
ein Tor der Meriniden, die hier eine Nekropole errichtet haben, eine
Grablege am Hang hinunter zum Fluss, zum Wasser. Dieses Tor hat
etwas Zartes, Graziles, Verspieltes im Vergleich zum Tor der Kasbah des
Oudaias. Die achteckigen Tortürme führen hinüber zu quadratischen
Zinnen. Die Übergänge sind durch Stalaktitenzwickel gestaltet, wie sie
sich sonst nur in Innenräumen finden. Wir warten, wir halten inne und
das ist gut.

Wir folgen mit den Augen der hell getönten Mauer mit ihren quadratischen Türmen. Wir warten. Das Tor führt ins Dunkel, die Eingänge sind
versetzt und müssen beachtet werden, danach sind wir im Freien, in einer
fast lieblich zu nennenden Landschaft, die sich einen Hang hinabzieht.
Nichts geht hier gerade, ist auf direktem Weg zu erreichen, so scheint es.
Die Wege schlängeln sich vorbei an Glyzinien, die die zart blühenden
Jakaranda überwuchern. Der Überblick wird durch die Verwunschenheit
der Vegetation verwehrt. Auf zu Skeletten reduzierten Bäumen sitzen un-

zählige Störche, ganze Storchenkolonien, auf ihren Nestern, alt und jung eng beisammen, nicht unähnlich der Lebensweise der Berber in ihren Ksour. Linker Hand die römischen Fundamente einer Geschäftsstraße, ein Zentrum, ordentlich behauene Steine, das Rechteck als Ordnungsprinzip, das Gerade, der rechte Winkel, das Gesetz. Daneben das Neben-, Über- und Miteinander der Störche, eine, wie es scheint, völlig chaotische Siedlungsweise. In einer Nische, einer Terrasse für sich, die Nekropole der Meriniden, Reste einer Architektur, die sich wie ein Schatzkästlein öffnet, sonnenbeschienen. Wer würde hier an den Tod denken wollen, an das Endgültige eines Abschieds? Und doch steht man hier vor den Grabsteinen einer versunkenen Kultur, die für uns traumhaft erscheint und die wir als Preziose betrachten.

Irgendwo in der Nähe liegt der kleine dunkle Teich mit den Aalen, diesen Phalli, diesen Fruchtbarkeitssymbolen, die mit Eiweiß gefüttert werden. Sie sollen den Frauen zu Nachwuchs verhelfen. Seltsam wie der Mensch sich mit Abbildern, mit Riten seinen Wünschen zu nähern sucht. Es ist die Öffnung nach oben, zum Himmel, die den sieben kleinen Räume der Bruderschaft, um ein Wasserbecken angelegt, ihren besonderen Charme verleiht. Auch hier ist es der Verfall, der das Wesentliche aufleuchten lässt, der das Vergangene belebt, indem er auf die Vollkommenheit hinweist, die uns in diesem Leben verwehrt ist. Das Spinngewebe Gottes, das Sternengeflecht, das den unendlichen Himmel abbildet, verweist den Sterblichen, den nach dem Leben Dürstenden zur Quelle, zum Wasser. Kalif Storch grüßt zum Abschied von den Zinnen.

Kasbah des Oudaias in Rabat

Eine Flucht von Stufen zum Tor, doch liegen Eingang und Ausgang nicht in einer Flucht. Wir betreten die Andalusischen Gärten. Die Beete sind tief gelegt, man kann sozusagen auf Blüten gehen. Im Café Maure trinken wir den ersten Thé à la menthe. Blaue Kühle – Blau schützt vor den Djinn, den bösen Geistern, bringt Segen, *baraka*. Kairouan und Sidi

Bou Said lassen grüßen.

Jardin Majorelle in Marrakesch

Alles dreht sich ums Wasser, um dieses runde weiße Becken mit dem Pinienzapfen des ewigen Lebens. Der rote Boden ist feucht wie die rote Erde Marokkos. Rote, orangene und violette Blüten, Bougainvillea, Hibiskus, das dunkle gedrechselte Holz, dazwischen Vorhänge aus Grün, einer ungeheuren Vielfalt grüner Formen, Feige, Lorbeer und Myrte, und über der ganzen üppig wuchernden Schönheit des Dschungels die Schirmdächer der Palmen. Der dumpfe, dunkle Spiegel des Seerosenbeckens schafft Tiefe – und diese Durchblicke, Einblicke, Ausblicke in das intensivste Blau, das all die Farben ins Unermessliche steigert. Da beginnen die Elefantentrompeten zu tönen. Und Strelizien hoch wie Bäume, diese floralen Paradiesvögel, schwingen sich hinauf in die Lüfte, vermitteln zwischen Himmel und Erde wie die unzähligen kleinen Vögel, die mit ihrem Gezwitscher dieses Paradiesgärtlein füllen.

Römisches Volubilis

Auch hier nisten die Störche, auf römischen Kapitellen. Römische Quader, römisches Mauerwerk. Vor uns liegt die Stadt als Raster von Grundmauern, ein paar wiederaufgerichtete Säulen, zwei Tore sind erhalten, dazwischen die Villen mit ihren Mosaiken zu beiden Seiten der Straße, *insulae* mit kleinen Wohneinheiten für die einfachen Leute. Die Mosaike liegen direkt unter dem Himmel.

Wie fehlende Dächer doch den Lebensraum erhöhen an Tagen wie diesem. So wäre das Leben leicht, ließe sich alles Wilde durch die Lyra bezähmen, wie Orpheus das mit den Tieren vermag. Dionysos durchzieht die Jahreszeiten, begleitet sie, gibt durch sie den Lebensgenuss. Es finden sich unendliche geometrische Muster, größer und klarer durchschaubar als die späteren zartgliedrigen Verflechtungen der islamischen

Kunst. Statt Säulen säumen heute Agaven die Straße. Vom Tanger-Tor aus blickt man hinunter auf Blühendes, auf einen Weg, den wer weiß schon wer vor uns gegangen. Die Faszination, die von historischen Orten ausgeht! – Frühlingsblick auf ein Tal, in dem die Felder in jungem Grün stehen, eine geometrisch lang gezogene Plätzchendecke, mit braunen Flächen durchsetzt: dem Kleeschen Fleckrhythmus nicht unähnlich.

Marokkanische Medersen und Minarette

Im Innenhof der Medersa verbindet sich das Eckige mit dem Runden, die Brunnenschale ruht in ihrer quadratischen Umfriedung. Wie ein Kreuzgang ist der Hof zumindest dem Quadrat angenähert. Es beginnt mit den Kacheln am Boden, einer Art Schachbrett, bei dem die Quadrate auf die Spitze gestellt sind. Kachelmosaike schmücken die Sockelzone der Wände, Sterne auf blauem Grund bis auf Augenhöhe, wo die kalligraphischen Schriftbänder das dem Menschen Wesentliche mitteilen. Darüber die Zinnen oder Lebensbäume, Zedern des Libanon und Salomons Weisheit. Und darauf folgt ein Hineingreifen der Schnitzereien des dunklen Zedernholzes in die filigranen Flächen des weißen Stucks, das Wechselspiel von Hell und Dunkel; Maserung, Musterung, die unendliche Reihe, das Ineinanderwachsen der Bögen, das Sich-Zerfasern, Sich-ins-kleinste-Detail-Verlieren, das Füllen der Flächen bis an den Rand der Wahrnehmung.

So öffnet sich ein Raum, ein Raum mit komplexen Bezügen, der durch Bogenöffnungen unterbrochen wird, durch Türpaneele und in einem vorkragenden Dachsims seinen Abschluss findet. Die kleinen Schlafräume der Studenten liegen meist im ersten Stock um den Innenhof gruppiert. Doch erlaubt die Öffnung eines Fensters keine Einblicke, so wird ein Durchgang fast verdeckt von einem wunderbar holzgedrechselten Mandala, dem Spinngewebe Gottes, hinter dem sich Mohammed einst verbarg.

In der Medersa Ben Youssouf in Marrakesch gibt es noch kleine Höfe, um die sich die Schlafräume gruppieren. Einmal, in Fès, saßen wir alle auf dem Dach einer Medersa und lauschten einer Geschichte, wie die Studenten früher in heißen Nächten, wenn sie ihre Matten mit aufs Dach nahmen und wie wir über die grün glasierten Dächer blickten, dem Himmel näher.

Dem Himmel näher sind auch die Minarette, die symbolisch stehen für die Moscheen, die der Ungläubige nicht betreten darf. Vielleicht am eindrucksvollsten das der Koutouba-Moschee, das Strenge der Form (vergleichbar mit der Giralda in Sevilla und dem Minarett der Freitagsmoschee in Kairouan) mit dem rechten Maß an Dekorativem verbindet und überaus lebendig mit Wandauflagen wie Lisenen, Blendarkaden und Ornamentformen spielt.

Den oberen Abschluss des Turmschafts bildet ein Band aus grünen Mosaikkacheln. Über der mit Rautengeflecht dekorierten Laterne wölbt sich eine Rippenkuppel, darüber die vier Kugeln des *jamur*. Manchmal steht darüber der Halbmond.

Inferno

Ksour in Rissani – »und die 40 Räuber«

Oasen – die Flussoasen hier in Marokko unterscheiden sich von Tozeur in Tunesien, wo alles traumhaft und wie aus 1001er Nacht auf mich wirkte. Hier, in den sich durch die Täler ziehenden Flussoasen, treten die sozialen Probleme deutlicher zu Tage. Hier herrscht akuter Wassermangel. Die Palmen, die niedriges Grün, wohl junges Getreide, umgrenzen, stecken die quadratischen Parzellen ab. Oft reicht das Wasser nicht, so dass die Palmen nicht mehr tragen, funktionslos werden, die sandige Erde sich in gebackenen grauen Ton verwandelt, die Oase wieder zur Wüste wird.

Unwirklich, fast verwunschen liegt Sijilmassa im Morgendunst, während der Sandsturm vorbeistreicht und ein Zusätzliches tut, diesen Platz als unwirklich, als *Fata morgana* erscheinen zu lassen. Einst bedeutendster Karawanenort Marokkos, gegründet im Jahre 757 unserer Zeit. Fünfzig Jahre vor Fès soll dieser historische Ort einmal 100 000 Menschen beherbergt und in wirtschaftlicher Konkurrenz zu den städtischen Zentren des Nordens gestanden haben. Das heutige Königsgeschlecht der Alaouiten hat hier seinen Ursprung.

Die Stampflehmmauern wachsen direkt aus ihrem trockenen Ursprungsmaterial. Es ist ein Lebensraum auf Zeit. Die Mauern sind schön und wirken in ihrer Einfachheit, ihrer Verschlossenheit archaisch und überaus suggestiv. Zwischen den Ksour gehen wir auf von niedrigen Lehmaufschüttungen markierten Wegen. Tamarisken und Palmen sind der einzige farb- und formgebende Kontrast zu den Mauern der Ksour – abgesehen von unserem blau gekleideten Tuareg, der uns ein wenig die großen und kleinen Kinder vom Leibe hält, die buchstäblich aus den Mauern zu schlüpfen scheinen und uns jeweils bis zur Demarkationslinie begleiten, wo sie von den Kindern aus dem nächsten Ksar abgelöst werden. Sie betteln, überschreiten die zwischenmenschlich erforderlichen Grenzen, treten zu nahe, werden bedrohlich.

Die Mädchen sind rank und schlank, wie Gazellen behände, zum Teil voller Anmut, die Jungen zum Teil träge und dreist. Viele haben kranke Augen. Es gibt Fliegen, die Augenkrankheiten übertragen. Eine eingeschränkte Welt, die bedrückend wirkt. Es gibt nur wenige Tore zu den Ksour, und die sind versetzt, kein fremder Blick dringt so nach innen. Außer den Löchern, die die Wände überziehen und die von der Verschalung herrühren, gibt es keine Öffnungen in der Mauer, Luken oder Fenster. Ein Ksar beherbergt einen Clan, bestehend aus sechs bis acht Familien, er steckt seinen Bereich ab.

Markttag in Rissani. Ein bunter Flickenteppich aus Berbern in ihren farbenprächtigen Chellabahs, ihrem Kopfputz – im Sandsturm versteht man, wozu Verschleierung gut sein kann – und den sie umgebenden Schafen und Ziegen, die wie eine kleinteilige Melodie in Dur sich von den abgestellten Maultieren und Eseln unterscheiden, eine Melodie, die gemessener dunkler, quasi in Molltönen daherkommt.

Die Kinder von Alibabas Räubern

Kinder lassen eine Flussoase im Drâa-Tal zum Albtraum werden. Sie umringen uns, umzingeln uns, geben nicht nach, keinen Fußbreit, sie verfolgen uns und insistieren. Wir sollen kaufen, Datteln in geflochtenen Körbchen, Kamele aus Palmblättern geflochten, mehr oder weniger sorgfältig. Es genügt nicht, einem Kind, einem Heranwachsenden etwas abzukaufen, alle wollen ihre Ware los werden, etwas verdienen, was die Familie vielleicht eine Woche am Leben erhält. Wir könnten nie genug tun, genug geben. Bevor uns der Bus rettet, sind wir ihnen ausgeliefert. Es ist ihre Chance, heute ist ihr Tag – und wir, so meinen sie, sind reich wie Midas – und sie haben nichts als diese Flussoase, die aufgeteilt ist, ungleich – was Neid erweckt, und so sind sie eifersüchtig darauf bedacht, den andern auszustechen, einen Vorteil zu ergattern. Einen Jungen erwählt die Reiseleiterin zum Führer. Er hat keinerlei Autorität, das ist deutlich. Sein Lohn wird ihm streitig gemacht werden. Wir nehmen ihn ein Stück Wegs im Bus mit, um ihm eine Chance zu geben, seinen Lohn unbeschadet nach Hause zu bringen, ein Unterfangen, das zum Scheitern verurteilt sein dürfte. Nicht nur wir sind unter die Räuber geraten.

Flut

Am Nachmittag beginnt es zu regnen, am Abend stehen überall Pfützen, über Nacht lassen sintflutartige Regenfälle die Flüsse anschwellen, sie reißen Erde mit sich, alles was sich ihnen in den Weg stellt. Kleine Rinnsale, ausgetrocknete Flussbetten werden zu unüberwindlichen Schranken, Brücken werden zu Barrieren, Wasserfälle auslösend und Stromschnellen. Die sintflutartigen Regenfälle verwandeln das lehmige Flussbett in eine erdgetränkte atmende Schlammmasse, die sich zu lebendigen Strudeln verdichtet wie beginnendes Leben vor der Trennung von Wasser und Land. Landschaft versinkt hinter einer grau beschichteten Milchglasscheibe. Feuchtigkeit intensiviert die Farbigkeit der Erde. Dunkel wie

Kohle liegen die Halden, durchbrochen von Rot- und Grüntönen. Auf den höchsten Gipfeln liegt Schnee. Ait Benhaddou, eine braune, kaum mehr strukturierte Wand gegen blass verschwindende Bergzüge. Der Asif Mellah ist zum Strom angeschwollen. An ein Hinüberkommen ist nicht zu denken. Man hat das Gefühl, die Lehmbauten könnten sich nun auflösen, sich in ihren Ursprung zurückverwandeln. Man lebt hier der Erde näher, buchstäblich mit leichtem Gepäck, ausgeliefert den Kräften der Natur.

Télouet, die Stammburg der Glaoua, des mächtigsten Berberstammes, der die Geschichte Marokkos im letzten Jahrhundert kräftig mitbestimmt hat und nicht unverschuldet von höchster Macht in die Machtlosigkeit gestoßen wurde. Das Äußere der Kasbah ist schmucklos, unscheinbar, ohne klare Struktur, und völlig verfallen, der Putz bröckelt, das Mauerwerk erodiert, und an einem Tag wie heute, wo die Nässe zusätzlich in alle Ritzen und klaffenden Wunden dringt, könnte der völlige Zusammenbruch vermutet werden. Nur zögernd und ungern lässt uns der Führer eintreten. Was uns allerdings in den Prunkräumen empfängt, ist eine Art Alhambra im Kleinen: Kacheln, Holzschnitzereien und feinster Stuck, durch Ziergitter ein idealer Blick auf Landschaft und Dorf. Und all dies dem Verfall preisgegeben. Es ist, als erlebe man den letzten Augenblick vor dem endgültigen Zusammenbruch, was den Eindruck steigert. *Sic transit gloria mundi.* Der Hass der Bevölkerung, die diese Pracht als befremdlich und die Macht des Caid El Glaoui als Unterdrückung erlebt hat, lässt nun den Untergang sich vollziehen.

Kein Weg und kein Steg – wir stoßen an unüberwindliche Grenzen. Der Bus mit unserem Gepäck steht jenseits des Flusses, den er nicht überwinden kann, wir in Landrovern, nur für einen halben Tag gemietet, und das Hotel in Marrakesch jenseits des Passes erscheint ebenfalls unerreichbar. Ich weiß nicht, ob unser Pfarrer ein Stoßgebet ausstößt, jedenfalls bezeichnet er das Stoßgebet als Akupunktur Gottes.

Am Spätnachmittag spiegelt sich hoffnungsvolle Himmelsbläue in den Fluten; Licht und Schatten, Land und Wasser, Palmen stecken die Felder ab, die gefluteten Reisfeldern gleichen, wie mit dem Silberstift festgehalten. Allmählich beruhigt sich das Land. Noah schickt seine Taube aus. Die Wasser laufen ab, die Sonne kommt zurück, schafft leuchtend klare Farben. Neue indigofarbene Wolken ziehen auf und dramatisieren die Stimmung über diesem abgewaschenen Land. Unser Bus wagt einen Umweg über rasch planiertes Steinwüstengelände. Wir schaffen den Tizin-Tichka-Pass. Alles liegt im Nebel. Kargheit und Kälte der Gipfelregion des Hohen Atlas. Die Gesteinsschichten, Faltungen, Brechungen, wirbelndes Chaos. Vegetationsarmut, Vegetationslosigkeit. Darüber zart und wie aus einer anderen Welt die Schneekappen der Gipfelkette. Der erlösende Blick in der Dämmerung hinunter in die Flussoase, ein Blick aus der steinernen Gebirgswelt ins Gelobte Land, wo eine grüne Echse sich durch den Talgrund schlängelt; ein Fossil ist zum Leben erwacht. Vor Mitternacht erreichen wir Marrakesch.

DIE SOUKS VON MARRAKESCH

Die Städte des Südens, vor allem die des Islam, sind nach innen gekehrt, so ist auch die Medina mit ihren Souks und ihren Wohnbezirken ein abgeschlossener Bezirk. Der Fremde bleibt auf den Wegen, gelangt nicht in die inneren privaten Bezirke. Der Harem, die Wohnräume der Frauen, ist ein geschlossener, ein abgegrenzter Bereich.

Die Gänge durch den Souk sind eng, auch ohne die voll bepackten Esel, die unbeirrt ihren Weg suchen. Manchmal tragen sie feuchtes, frisch gefärbtes Leder und andere Stoffe, und man sollte mit diesen Stoffen besser nicht in Berührung kommen. Bei den Holzarbeitern, den Drechslern fliegen die Späne. Die Schneider hocken nähend auf den Kissen, zu mehreren, sich Gesellschaft leistend. Alle Aktivitäten finden in der Öffentlichkeit statt.

Es ist Nachmittag, aber der unaufhörliche Regen gleicht ihn dem Abend an, was durch die geflochtenen Matten verstärkt wird, die gegen die normalerweise herrschende Hitze über die Gassen gebreitet sind.

Gegen diesen Regen vermögen sie keinen Schutz zu bieten. Durch die leicht abfallenden Gassen schießt das Wasser, braun, rot, orange, je nach dem Gehalt von Rost. Die Funken sprühen. Überall Feuerstellen, deren flackerndes Licht sich im Wasser spiegelt. Wir sind im Viertel der Metallarbeiter, der Schmiede. Zum allgegenwärtigen Feuer kommen die Schläge auf den Amboss, das zu schmiedende Eisen. Schmiedeeisernes Gitter, Spinngewebe Gottes, Laternen in allen Größen, Ampeln würde man bei uns sagen, einfach und äußerst schmuckvoll. Sie rosten dahin, niemanden scheint das zu stören. Feuer und Rost und rostbraune Brühe. Wir eilen durch die Gasse, als gälte es einer immanent drohenden Gefahr zu entkommen in dieser Teufelsküche, diesem Danteschen Inferno. Doch niemand nimmt uns wahr, hier sind die Leute unter sich, niemand will uns so gewaltige Leuchter verkaufen. Ungestört arbeiten die Leute, wer das Feuer hat, hat das Sagen, hat Selbstbewusstsein.

Das Tanzen und Lärmen der Derwische, islamischer Bruderschaften, die temperamentvoll und biegsam Trommeln und Schlagzeug benutzen und ihre eigenen lauten Stimmen und damit dem Fremden das Fremde als bedrohlich, als ihn überwältigend nahe bringen. Sie umzingeln den Touristen wie lodernde Flammen, so dass ihn die Furcht ergreift, in welchen auch immer Brand zu geraten, vereinnahmt zu werden, seines eigenen Willens beraubt.

PLACE JEMAA EL FNA

Der Name besagt: Versammlungsort der Toten, denn hier wurden Hinrichtungen vollzogen und die Köpfe der Hingerichteten zur Schau gestellt. Ein unheimlicher Platz, der heute zum Markt der Gaukler geworden ist. Der Platz, der so untypisch ist für die islamische Welt, so überaus geräumig und ohne spezifische Form und sich doch so ungeheuer chaotisch gebärdet wie die Gassen der Souks für den Fremden. Unvermeidlich der Schlangenbeschwörer, hier kitzelt das Exotische, das Spiel mit der Angst. Die Angst des Schlangenbeschwörers vor seinen Kreaturen, denn keine

Freundschaft ist möglich mit dem Reptil. Die Angst aus dem Spiel von Licht und Schatten und aus ihm heraus vor einem plötzlichen Übergriff. Das Spiel mit der Illusion: Musikanten, Glücksspieler, Märchenerzähler, Quacksalber, Wahrsager und Feuerschlucker, Taschendiebe. Sie sind an einem solchen Regentag allerdings weniger zahlreich. So dominieren das Gelb der aufgestapelten Berge von Orangen, die rote seltsam gescheckte Tracht der Wasserverkäufer, der Rauch aus den Garküchen und später die Lichter auf den Pfützen. Die kalte Nässe steigt aus den durchweichten Schuhen. Marokko ganz untypisch im Regen.

III
Marokkanische Landschaft

Esel

Die unverhältnismäßig großen Köpfe der Esel und Maultiere. Ihr stoisches Verhalten und dann ihre plötzlichen Ausbrüche. Wie ein lange geduldig erscheinender Mensch, der sich stets in alles zu fügen scheint und dem plötzlich etwas über die Hutschnur geht, das letzte Stroh, der letzte Tropfen, der das Fass zum Überlaufen bringt, und der zum Staunen, zum Schrecken, zur Empörung aller, ausrastet, wild um sich schlägt, völlig die Beherrschung verliert und weit über das Ziel hinausschießt.

Hoher Atlas

Die »Wollsäcke« im Dades-Tal zeigen übergroß Menschen in Bewegung, Menschen, fliehende, flehende, bittende, betende, Leib an Leib gepresst, im Aufruhr, ein Drängen – wohin? Ein Erschlanken, Sich-Längen der Leiber, trotz aller Rundungen eine Annäherung an Werke von Lehmbruck, von Giacometti. Ein Höhleneingang: Wer wälzte den Stein vom Grab? – Wirbel im Gestein, in den Schichten, wie Leonardos wirbelnde Wasser, wie der Schlamm, der sich in den Fluten wälzt. Stein einst formbar wie Lehm, die Faltung der Berge versteinert. Schichten überlagern sich, Steinschichten wie pflanzliche Fasern, gefärbte Wolle, noch von Farbe triefend. Schleiergebirge verblauen, die Lehmbauten der Ksour braun vor hartem Stein. Der geradezu rhythmische Wechsel von roter und blasser Erde.

Zwischen Sandwüste und Hammada Tafelberge aus härteren Schichten. Hier begegnen wir einer Kamelherde. Kamele sind Herdentiere. Es scheint eine Rangordnung zu geben. Am Strand von Agadir erleben wir, wie sich ein Kamel losreißt und davongaloppierend ein anderes anstößt, das ihm unwillig zögerlich, aber nichtsdestoweniger folgt. Dies wiederholt sich. Schließlich läßt sich das Kamel an einem ihm genehmen Ort nieder. Doch da hat es einer der Treiber am Zügel und führt es zurück, die beiden anderen folgen willig.

Die Foggeras, unterirdische Wasserläufe, die von den schwarzen Haratin gewartet wurden, manchmal unter Einsatz ihres Lebens, werden nicht mehr erhalten. Noch sieht man die aufgeworfenen Erdhügel mit ihren Trichtern. Ohne Bewässerung aber vertrocknen die Palmen, und die Wüste gewinnt Land zurück.

Schneeberge, die sich verschleiern und wieder enthüllen im Dunst des Tages, da die Feuchtigkeit sich über den Bergen hält; Steinmännchen im Irgendwo der Hammada, die durchsetzt ist von grünen Vegetationsspuren und einer unerwarteten Blütenpracht am Boden nach dem Regen, der so üppig niederging. Arganien, Steineichen und die geschichteten Felsriegel mit den Kleeschen Baum-Melodien. Arganien mit ihren pfirsichfarbenen Früchten in der Größe von Oliven und wie diese ölhaltig, nach denen die Ziegen großen Appetit verspüren und die sie vergnüglich verspeisen, ohne die Wirte zu schonen, die sie in akrobatischer Weise besteigen und manchmal tödlich verwunden.

ANTI-ATLAS

Euphorbien sind Wolfsmilchgewächse, die man für Kakteen halten
möchte. Sie leben in dichter Gemeinschaft, gleichen dann übergroßen
Igeln. Lehmstampfmauern trennen die Oasen in Parzellen. Palmen da,
wo es Wasser gibt. Wohin geht die verschleierte Frau mit dem Esel? Zum
Brunnen, um Wasser zu holen wie die großen Frauengestalten der Bibel?

Kleesche Baum-Melodien an den terrassierten Hängen. Pflanzliches, rot
und grün und stachlig. Rote Erde und heller Stein. Am Abend dann hängen dichte dunkle Wolken über den Bergen, die in ungeheurem Abstand
über der roten Erde der Täler verblauen. Im gleißenden Sonnenlicht ver-
löscht die Intensität der Farben, Ockertöne beherrschen das Land. Dörfer
kleben am Steilhang im Tal der Ammeln, einem Berberstamm der Chleuh.
Es gibt keine befestigten Dörfer mehr. Was wäre hier auch zu holen?

Baumskelette, Opfer der gefräßigen Ziegen. Die schuppige Rinde der Arganien ähnelt abgestreiften Häuten von Reptilien. Noch grünt so mancher Baum trotz seiner Verwundung. Über den gespaltenen Stamm hat sich Wundschorf gelegt – wie ein sich aufbäumendes Tier streckt der Baum seine bloße Haut zum Himmel.

Am Rande des Weges eine ausgedörrte Opuntie, die Vernetzung der Adern, ausgeblutetes Leben.

Im Haus des Blinden am Hang hängt der Ehevertrag in Stein geritzt an der Wand. Die Reiseleiterin hüllt sich in das dunkle Gewand ohne Naht. Die Gräber der Nekropole bestehen nur aus Steinen, ein aufgerichteter Stein, kaum größer als ein Buchrücken, verrät das einzelne Grab. Allah kennt die Seinen, wozu da noch den Verbleib eines Einzelnen markieren?

Auf dem Felssporn verriegelt
Nester sich schmiegend
in den Fels – verfangen
in der großen Coda
der Landschaft –
auf den Felsterrassen
die grünen Notenköpfe –
eine Melodie
in Auflösung begriffen –
ausufernd,
eine Melodie, die
in der Ferne verblaut.

Arganien
rahmen die Wüste
schaffen Ausschnitte
der Steinstrukturen.
Ockertöne und verhalten
Spuren von Grün –
im Fels verwittert
menschliche Behausung –
über die Steinterrassen

läuft die Melodie eines alten Liedes,
uralte Erd-Ge-Schichten:
blaue Melancholie
hängt in den
Gipfeln.

WANDERN AM RAND DER WÜSTE

Dunstschleier streifen die hohen Bergketten, fließende weiche Seide über hartem Granit. Urgestein. Hier sind die ältesten Schichten der Erdgeschichte an die Oberfläche gelangt. Ein ahnungsvolles Sich-Öffnen. Im Talgrund ruhen runde massive Formen, lebendiger Stein. Die Erde, Gaia, atmet, ist Teil eines umfassenden lebendigen Ganzen.

Wir gehen einzeln, jeder für sich, Worte sind überflüssig. Der Mensch ist klein in dieser Landschaft und doch geborgen. Die von einem Künstler bewusst gesetzten Akzente der blauen Steine, die die Erde dem Himmel farblich näher bringen, die Übergänge schaffen, das rötlich getönte Ocker heranführen an kosmische Weiten, die strukturieren, dich einpassen in ein größeres Ganzes, Perspektiven eröffnen, indem sie begrenzen, das Feld abstecken, verdichten um den einen Punkt, die Nabe, um die dein Leben kreist.

MENSCHEN IN DER LANDSCHAFT

Kein Foto zeigt die verschleierten Frauen, denen wir vor allem auf dem Land begegnen, auf unterschiedliche Weise verschleiert. Die kleinen Kinder, auf die ihre Mütter ein eifersüchtiges Auge werfen. Furcht vor dem bösen Blick, eine Kamera könnte sie ihrer Seele berauben – oder ist es die Unversehrtheit, die Unantastbarkeit der Person, die sie wahren wollen, der Stolz dieser Berber.

Aber auch Männer sind selten auf meinen Bildern, Männer, die in der Landschaft stehen, still, stumm, verloren oder eher unversehrt und eingebettet in diese Landschaft, verwurzelt, ohne unmittelbar erkennbare Zwecke.

Männer, die unbeweglich an der Straße sitzen, die Welt um sich her zu vergessen scheinen, bis zu dem Moment, wo sie dein Blick trifft, den sie zu spüren scheinen, was es dir unmöglich macht, sie abzulichten, so dass du dich abwendest. Sie erscheinen wachsam wie Schlangen und unergründlich.

Auch der geglückter Augenkontakt mit einer Berberfrau im Anti-Atlas lässt sich nicht ablichten, und die komplizenhafte Geste des Teppichverkäufers, als du ihm sagst, dass du malst und daher die Muster der Kelims festhalten willst.

Trotz seines Einverständnisses will es mir nicht gelingen, die Zeichensprache festzuhalten, für die Erinnerung zu bewahren, sie zu entziffern. Sie bleibt auf rätselhafte Weise suggestiv. Spuren von Zeichen, deren Bedeutung sich nicht in Worte fassen lässt. Eine Reisegefährtin kauft zwei Kelims, zwei Hochzeitskelims, sie hat zwei Töchter. Eine Berberin schaffe ein bis zwei Kelims in ihrem Leben. Unverbunden bleiben die Fäden auf der Unterseite. Es bleiben Reste, auslaufende Fäden wie im menschlichen Leben.

Und aus dem Nichts heraus das Glück, das dich überfällt auf der Wanderung am Rande der Wüste, so dass du nicht mehr nach Worten suchst, sondern einmal im Augenblick zu leben beginnst: once in a blue moon.

IV
Himmel, Meer und Wüste:

Casablanca und seine Moschee

Die Moschee Hassan II. in Casablanca wächst aus dem morgendlichen Dunst des Meeres, scheint losgelöst, schwebend zwischen Himmel und Meer. In der Moschee rinnt Wasser, der Quell des Lebens. Das Dach lässt sich öffnen, dann ist der Gebetsraum offen zum Himmel, verbunden mit Mond und Sternen. Dies sind moderne Gedanken. Die Moschee als solche ist ein Versammlungsraum, wird genutzt als solcher und für das Gebet, vor allem das gemeinschaftliche Gebet am Freitag. Die Moschee ist kein an sich heiliger Raum wie die Kirche. Der Gläubige kann überall beten und tut das auch. Die Frauen sind getrennt von den Männern oder beten zu Hause. In der Moschee von Casablanca sind sie auf die Empore verbannt.

Dennoch hielt eine Frau die erste Ansprache in der Moschee. Die Mutter des Thronfolgers aber ist allen unbekannt. Es gibt Widersprüche.

Unter Marokkanischem Himmel

Aus der römischen Ordnung von Volubilis führt der Weg in die labyrinthischen Gassen der Souks von Fès und Marrakesch. Aus der paradiesischen Nekropole Chellah von Rabat fahren wir in die Berge des Mittleren und Hohen Atlas, wandern durch Zedernwälder mit Berberaffen und bunten Hähnen. Ifrane macht uns glauben, wir seien in der Schweiz. In der Ferne schließlich Schneeberge. Einmal sind wir auch ganz nahe dran. Später die Wüste, die Hammada, die Steinwüste. Ein Sandsturm nivelliert alles, wird sintflutartige Regenfälle bringen. In tiefen Schluchten schlängeln sich grüne Täler. Wo Wasser ist, sind Palmen, sind Oasen, die sich wie Echsen entlangschlängeln, lebendig gewordene Versteinerungen. Die Lehmstampfburgen der Berber: die Ksour von Rissani und im Sandsturm Umrisse von Sijilmassa, unscharf wie eine *Fata morgana* und gerade darum so suggestiv. Berberkinder sind überall, sie treten auf wie eine Heuschreckenplage. Die Realität führt heraus aus 1001er Nacht, geht über in einen Albtraum, der nachdenklich macht. Reisen mit leichtem Gepäck – die Berber tuns. Auch ihre Stampflehmbauten haben eine begrenzte Lebenszeit – sie verfallen, zerfallen, lösen sich allmählich in ihre Urstoffe auf, sind so ein Lebensraum auf Zeit. So verwandelt sich Kultur zurück in Natur. Dies ist besonders eindrucksvoll im Anti-Atlas, wo die Lehmstampfbauten direkt vor dem harten rosa Granit zerfallen. Urgestein wird den Menschen überdauern. Dieser rosa Granit im Morgennebel verwandelt harte Gebirgswände in zarte Schleier, bringt Weiches und Hartes zusammen. Der Mensch in dieser Umgebung lebt in archaischen Formen, der Hirte mit seiner Herde hat nur wenig Besitz, er hockt auf der Erde und hat nur wenig zu verlieren. Reisen mit leichtem Gepäck.

RABAT

In Casablanca war das Meer Teil einer *Fata morgana*. In Rabat laufen wir den Strand entlang, auf die Mole hinaus und können uns nicht satt sehen an den hereinbrandenden Wellen, der Brandung, die aufschlägt und ganze Türme von Gischt erzeugt, an den Ruhezonen zwischen den einzelnen Brechern, dem erratischen, letztlich nicht berechenbaren Rhythmus, dem Sog hinein in die unendliche Weite – und schließlich, es kann nicht ausbleiben, dem überraschenden Brecher, der mich völlig durchnässt. Meer – ein Einbruch aus dem kosmischen Bereich, ein Rhythmus, der bei aller Regelmäßigkeit das Unerwartete, die immanente Gefährdung mit einschließt.

WÜSTE

Von Erfoud in Landrovern zu den Sanddünen des Erg Chebbi. Auf dem Weg dahin durch die Hammada und zu den Fossilien, die angeboten werden und an unsere heimischen Fossilien erinnern. Hier war Thetis, das Urmeer und hat ihr steingewordenes Leben hinterlassen, eine steingewordene Unsterblichkeit. Der Übergang von der Steinwüste zur Sandwüste vollzieht sich eher in Abstufungen. Alles ist heute Ton in Ton, zunächst sind es Grautöne, die Luft ist voller Sand, der überall eindringt. Im Sandsturm gleichen sich Erde und Luft einander an. Bald gibt es auch kräftigere Töne, auf rotgelbem Sand liegt schwarzer Schotter. Spuren, Spurensuche, Menschenspuren – die Landschaft der Bilder des Jürgen Marose.

Dann die lang gezogenen Wellen der Sandwüste – eine stehende Brandung, Zeitlupe, zum Betrachten. Plötzlich steigt ein steiler Grat auf im Meer des wogenden Sandmeeres.

Ein Salzsee ist entstanden, weil es irgendwo geregnet hat. In der Weite der Wasserfläche rosa Flamingos. Der Tuareg auf der Düne als flatternde blaue Fahne. Er führt uns durch die Dünen, es sind wahrhaftige Berge, die wir schließlich barfüßig ersteigen. Unterwegs verschwindet die Sicht fast völlig, wir sind verloren, wären verloren ohne unseren kundigen Tuareg, der geschickt eine Schauergeschichte erzählt, von eine Frau, die sich ohne Führer in die Wüste wagte und im Sandsturm den Weg verlor. Das Problem der Orientierung im Sandsturm wird deutlich. Durch den Kauf von Fossilien bezahlen wir seine Dienste. Er ist so alt wie einer unserer Söhne und hat Frau und zwei Kinder zu versorgen. Unser Geld ist Entwicklungshilfe – und wir hatten unser Erlebnis, unser Wüstenabenteuer, den Schauder eingeschlossen.

Mensch und Kamel wie Notenköpfe auf der Lineatur der Dünen. In der Ferne eine Zeltstadt, ein Ksar. Eine silberne Sonne verschwindet hinter den Wolken.

Der volle Mond steigt im Osten auf und legt seinen Silberschein auf den dämmernden See. Es ist kühl geworden. Wir trinken Thé á la menthe und lauschen der Musik der Berber: Leises Trommeln, zuerst ein Nacheinander der Stimmen, die sich mehr und mehr miteinander verschmelzen, sich angleichen und gegeneinander antreten wie der unterschiedliche Herzschlag der Musikanten. Dazu die Dissonanz der Blechinstrumente. Die lange Fahrt zurück ins Hotel über die Wüstenpiste erlebe ich wie ein Kind, träumend.

AGADIR

Nach soviel Wüste, nach wogenden Dünen, nach all den unterschiedlichen Felsformationen und Erd-Ge-Schichten, die die Kräfte der Tiefe in dieser unglaublichen Vielfalt formten, stehen wir nun vor der Weite des Atlantik, vor den auf den Sandstrand auflaufenden Wellen, ihrem eigenen Rhythmus, der bei allem scheinbaren Gleichmaß nicht den mechanischen Gesetzen unserer Erwartung gehorcht. Erratisch entzieht er sich menschlichem Ermessen. Unser Blick ruht aus im tiefgründigen Blau von Himmel und Wasser.

TUNESIEN
REISETAGEBUCH
PFINGSTEN 2006

Samstag, den 27. Mai 2006:

Anreise

Pfingstgrünes Land. Der Blick aus dem Flugzeug und das Puzzlespiel der Felder in unterschiedlichen Farbtönen, entsprechend der Jahreszeit dominiert das Grün. Die Dörfer liegen zunächst wie Spinnen inmitten ihrer Netze, dunkelgrüne Wälder rahmen die Bilder, dringen ein in die weit verzweigten Netze, steigern die Farbigkeit. Allmählich tauchen wir ein in weiße Wolkenwatte. Schneeberge tauchen auf, fragmentarisch und blass unter Wolkenmassen, verschwommen wie Erinnerungen, die kurz auftauchen und dann wieder verschwinden, und wie Erinnerungsfetzen vermitteln auch die kurzen Einblicke in die Alpenwelt eine Ahnung von dem größeren Ganzen. Später dann Licht durchwirkte Durchblicke hinunter zum Meer: das Meer faszinierend und erschreckend zugleich. Beim Anflug auf Tunis fließen Meerblau und Himmelblau im Dunst des Tages ineinander. Die Küstenlinie mit ihren Vorsprüngen schält sich heraus, weiß bebaut aus erstaunlich grüner Umgebung, Sidi Bou Said, dahinter Karthago.

Der Besuch von Sidi Bou Said steht am Beginn unserer Reise. Auf der Fahrt vom Flughafen dorthin erste Eindrücke: Stramm wächst der Oleander, schlaff lässt der Eukalyptus sein Laub hängen, als bedaure er selber sein Hiersein, das Fremdsein auf diesem Kontinent. Ein Eselkarren auf autobahnähnlich ausgebauter Straße. Unbeweglich verharrt eine Kuh auf einem Feld. Schafe, Hecken aus dem Feigenbaum, der Opuntie, dem Hibiskus. Ländliche Bilder am Rande der Großstadt. Die Übergänge sind abrupt.

SIDI BOU SAID

Wir nähern uns Sidi Bou Said, »einem Bergrücken, auf dem streng rhythmisch weiße Hausformen wachsen«, so beschreibt ihn der Maler Paul Klee. Üppig die Farben, die Bougainvillea, die ganze Häuserwände bedeckt und Dattelpalmen. Blaue Erker, Mansarden, Blau als Mückenschutz oder einfach Baraka, das schützende Blau, die Hand der Fatima, der Böses zurückwerfende Spiegel, der auch dem Touristen angeboten wird. Hier im Touristenzentrum von Sidi Bou Said ist alles geschniegelt, hier fällt kein Putz von den Wänden, so dass das Spiel der Schatten mit den ornamentalen Fenstergittern sich in völlig reinen Klängen intoniert. Das Café des Nattes ist von Touristen heimgesucht. Mackes Aquarell verschaffte diesem inspirierenden Ort mit dem Minarett, das dahinter auftaucht und nicht zum Café gehört, aber doch wesentlich Teil hat am Charme des Ortes, die Funktion eines Zentrums. Die Stufen hinauf haben Teil an einem pseudoreligiösen Ritual, für das es keine Regeln gibt. Oben sitzt man, hockt auf erhöhten Plattformen und trinkt seinen Tee, schaut denen zu, die eine Wasserpfeife rauchen und fühlt sich verbunden mit den Malern von 1914 und dem Orient, beziehungsweise dem Bild, das sich der Europäer wohl aus Kindertagen, aus 1001er Nacht, bewahrt hat. Die kleinen Gassen und Steige müsste man betreten, weg von der Touristenmeile, dann begegnete man dem Detail, den kleinen Beobachtungen einer früheren Tunesienreise. Wir dagegen blicken hinunter auf das blassblaue Meer und die Silhouette, die, einmal aufgenommen, in der Erinnerung haften bleibt.

Dieselbe Silhouette hatten die Punier vor Augen, und sie hat ihren Alltag begleitet, Geburt, Leben und Tod. Für mich ein wahrhaft geschichtsträchtiger Blick.

Exkurs: Die Tunisreise der Maler Paul Klee, August Macke und Louis Moilliet

Lange bevor Tunesien als Ziel einer eigenen Reise ins Blickfeld rückte, war mir die Tunisreise der drei Maler Paul Klee, August Macke und Louis Moilliet im April 1914 als Sternstunde der abendländischen Kunst im Gedächtnis. Als ich mich nun wieder mit dieser denkwürdigen Reise beschäftigte, war ich sehr erstaunt, dass sich diese sogenannte Sternstunde der europäischen Malerei in einem vergleichsweise kurzen Zeitraum von zwei Wochen ereignet hatte und auch der Umfang der Reise verhältnismäßig bescheiden war. Es handelte sich um Tunis, das Landstädtchen St. Germain und die Küste, um Hammamet, eine Eisenbahnfahrt und um Kairouan. Vergleichsweise hat unsere Reise jetzt einen weit größeren Radius.

Mit diesem kleinen Abriss dieser denkwürdigen Reise des Jahres 1914 stellt sich für mich die Frage: Warum reisen wir? Was bringen wir mit auf eine Reise? Und was nehmen wir mit nach Hause? Oder: Welche Veränderungen bewirkt eine Reise wie diese nach Tunesien, in einen doch im ganzen immer noch exotischen Lebensraum? Wie reagiert das Ich auf das Fremde? Da es sich um Tunesien handelt, will ich diese Fragen an die drei Maler stellen.

Beginnen wir mit Paul Klee. Er wurde 1879 im Kanton Bern geboren. Er ist der Älteste der drei. Er ist der Denker, der Theoretiker, der Geistigste.

Er kommt von der Linie her, der Zeichnung und hat sich doch schon eine Weile mit der Farbe beschäftigt. Er ist auch der Abgeklärte, der Ältere, der zuweilen glaubt, den Übermut der beiden anderen dämpfen zu müssen.

August Macke wurde 1887 geboren, er ist der Jüngste, ist Rheinländer, ein fröhlicher, jungenhafter Typ und dem Genuss nicht abgeneigt. Er hat 1909 eine Fabrikantentochter geheiratet, Elisabeth Gerhardt, und hat mit ihr zum Zeitpunkt der Reise zwei kleine Söhne. Auf der Hochzeitsreise 1909 macht er Station im Hotel der Mutter Moilliets am Thuner See. Seine Frau war dort schon als Mädchen zu Gast, und die Maler befreunden sich spontan.

Louis René Moilliet (geb. 1880) ist mit Paul Klee seit seiner Schulzeit befreundet und auch Maler. Ihm ist ein langes Leben vergönnt. Er stirbt erst 1962. Auch für ihn war diese Tunisreise das entscheidende Erlebnis. Er wird ein ganzes Leben von ihr zehren. Es ist wohl ein wenig unfair, dass er hinter den beiden Großen immer zurückstehen muss, obwohl auch er Gutes geleistet hat. Er war u.a. Schüler von Fritz Mackensen in Worpswede, was ihn in ganz andere Bezüge stellt, und studierte an der Stuttgarter Akademie. In diesen Zusammenhang gehört wohl der Auftrag von 1905-06, die »Pfullinger Theaterhallen« auszumalen.

Während das Thema Orient und Maghreb ein europäisches darstellt, das durch Napoleon, die Freiheitskriege der Griechen und 1830 die Einnahme Algiers durch die Franzosen politisch, durch Flaubert und andere literarisch ins Licht gerückt wird, dringt es malerisch vor allem durch Delacroix und seine Marokkoreise ins Bewusstsein des Kontinents. Delacroix malt das exotische Leben, wie er es wahrnimmt, was im großen und ganzen den märchenhaften Vorstellungen der Europäer entspricht: Erotisches tritt in den Vordergrund, Frauen im Harem, die Odaliske, ein Motiv, das bis zum heutigen Tage in der Kunst Thema ist, das Matisse geliebt und häufig dargestellt hat.

Es ist das Exotische, das Andersartige, das in Gauguins Südseereisen wohl am offensichtlichsten ist, das durch die Weltausstellungen des 19. Jahrhunderts thematisiert wird. So besuchen sowohl Klee als auch Macke eine Ausstellung islamischer Kunst in München im Jahre 1910. Macke hat die Motive von Delacroix schon häufig gemalt, bevor es zu der denkwürdigen Reise kommt. Es geht hier, um es nur kurz anzudeuten, um ein Urmotiv der abendländischen Kunst: das verlorene Paradies, eine Utopie, die Vereinigung des Unvereinbaren.

Das wichtigste Ergebnis für Delacroix, soweit es das Malerische betrifft, aber ist die Entdeckung der Farbigkeit der Schatten, eine Entdeckung, wichtig auch für die Impressionisten. Dies führt in einem nächsten Schritt zur Verselbständigung der Farbe, die eine Eigendynamik erhält. Und da sind wir bei der Tunisreise der drei Maler angelangt.

Seit 1912 sind Paul Klee, August Macke und Louis Moilliet nicht nur mit den Malern des Blauen Reiters Franz Marc, Wassily Kandinsky befreundet, sondern auch mit Robert Delaunay. Seine Art des Kubismus, von Apollinaire »Orphismus« genannt (in Anlehnung an den Sänger), gibt dem Rhythmus der Farbe dieselbe bildnerische Bedeutung wie dem Rhythmus der Form.

Der Begriff Orphismus als Fachbegriff der Malerei wurde 1912 von dem Schriftsteller Apollinaire (1880-1918) geprägt; dabei handelt es sich um eine vom Kubismus ausgehende Variante der abstrakten Malerei. Nach der Facettierung der Form durch den Kubismus von Picasso und Braque kommt es nun zu einer Zerlegung der Licht- und Farbeindrücke auf der Grundlage des Farbprismas, einer Überlagerung der bei Delaunay vor allem bunten Kreisgebilde. Die Anhänger des Orphismus wollen der reinen Musik eine reine Malerei entgegensetzen, aufgelöst in rhythmische Farbharmonien.

Die drei Maler haben unterschiedliche Vorgaben in ihrem Gepäck, die sich aber doch treffen in Bezug auf Delaunay. Dennoch unterscheidet sich ihr künstlerisches Gepäck, als sie die Heimreise antreten.

Beginnen wir mit August Macke: Wie schon erwähnt, war für ihn der Orient schon zuvor Thema gewesen. Für ihn, den Lebenslustigen, war das erotische Moment wichtig, das ihn mit Matisse verbindet, den er auch persönlich kannte und den er bewunderte. Auf der Tunisreise tritt dieses Moment dann allerdings fast völlig zurück. Es geht ums Malerische an sich.

Bei Matisse hat Macke wohl das Ornamentale und Flächige der bildnerischen Darstellung bewundert, das »statische Eigenlicht«, eine Beleuchtung, die von den Farben selber ausgeht. Mit dem Verzicht auf Perspektive rückt dann die Fläche, die Zweidimensionalität, in den Vordergrund.

So finden wir sowohl bei Matisse, als auch bei Macke das Ornament, das uns in Sidi Bou Said und anderswo ins Auge fallen muss. Es ist nicht zuletzt das Ornament, das Macke zur abstrakten Bildsprache führt. Doch bedeutet die Abstrahierung des Motivs die Eigenständigkeit der bildnerischen Mittel, Farbe, Form und Linie. Die »zwei Wochen im Märchenland« waren für Macke der Höhepunkt seines Schaffens. Er starb zu

Beginn des 1. Weltkriegs am 16. September 1914. Er war in Tunesien der Fleißigste, als ob er gewusst hätte, dass ihm nicht mehr viel Zeit bliebe.

Nun zu Paul Klee: Durch Delaunay vorgeprägt, bewirkt die Tunisreise eine grundlegende Neuorientierung. Er war ursprünglich in erster Linie Zeichner. Die Linie ist sein Element. Durch Robert Delaunay begegnet er der Faszination der Farbe. Die einzelnen Stationen der Tunisreise sind für ihn auch Phasen der Entwicklung hin zur Farbe. In Sidi Bou Said vermerkt Klee: »Die Synthese Städtebauarchitektur – Bildarchitektur in Angriff genommen. Noch nicht rein, aber ganz reizvoll, etwas viel Reisestimmung und Reisebegeisterung dabei, eben das Ich.« Er will weg vom Persönlichen, vom subjektiven Erleben, das er als störend empfindet, er will vordringen zu einer Ebene hinter dem Sichtbaren. Der Rhythmus der Formen beschäftigt ihn.

Am Meer in St. Germain wird dann die Landschaft zum zentralen Thema. Die Natur wird an einigen markanten Stellen durch dunkle Konturen oder assoziierende Formeln angedeutet. Es erfolgt eine schrittweise Ablösung von der Naturvorlage durch vom Gegenstand unabhängige Farbflächen. Die Zeichnung bleibt als eine Art Kürzel wesentlich. Im Ganzen aber bestimmt seine Aquarelle, ähnlich wie bei den beiden anderen, die von ihrer Auseinandersetzung mit Delaunay herrührende leuchtende Transparenz der Farben. Klee gelingt die Assimilierung eines autonomen Form- und Farbrhythmus an die Natur.

In Kairouan schreibt er dann die berühmt gewordenen Zeilen: »Ich lasse jetzt die Arbeit. Es dringt so tief und mild in mich hinein, ich fühle das und werde so sicher, ohne Fleiß. Die Farbe hat mich. Ich brauche nicht nach ihr zu haschen. Sie hat mich für immer, ich weiß das. Das ist der glücklichen Stunde Sinn: Ich und die Farbe sind eins. Ich bin Maler.« Er reist vorzeitig ab. Sein Lebenswerk ist sozusagen abgesteckt.

Für Klee wie auch für Macke gilt, dass die Tunisreise eine Loslösung vom Gegenstand, vom Motiv, brachte, eine Auflösung in Licht und Farbe, eine Erlösung des Raums in die Fläche, in die Harmonie der Farbe, die mit dem Rhythmus des schlagenden Herzens verglichen werden kann. Die

Abstraktion bei allen drei Malern ist eine Rhythmisierung von Form und Farbe, die Moilliet »Plätzlimalerei« nennt; Klee spricht ernsthafter von »Fleckrhythmus« und französisch sind es »plans colorés«. Klee geht es konsequenter noch als den beiden anderen darum, »das Unsichtbare sichtbar zu machen«, Realität auf eine höhere Ebene zu transponieren und damit eine innere, eine wesentlichere Wahrheit auszudrücken. Paul Klee wird das Erreichte weiterführen und variieren, in die Formen einer abstrakten Bildsprache verwandeln durch unendliche Metamorphosen hindurch.

Paul Klee und Louis Moilliet waren noch weitere Orientreisen vergönnt. Für Klee wurde Ägypten zu einem zweiten Höhepunkt. Macke aber hat durch diese Reise seinen Höhepunkt erreicht.

Bei den Malern der »Tunisreise« können wir erleben und mitvollziehen, wie es zur Abstraktion kommt, die bei Klee weitergeht als bei dem noch im selben Jahr verstorbenen Macke. Anders findet Kandinski in die Abstraktion. Und wieder andere Wege gehen die Maler etwa der Stuttgarter Schule (u.a. Adolf Hoelzel, Willi Baumeister). Aber bei den Malern der »Tunisreise« wird uns unmittelbar deutlich, dass und wie die Abstraktion aus dem Lebendigen wächst.

Erinnern wir uns an die zu Anfang gestellten Fragen: Warum reisen wir? Was bringen wir mit auf eine Reise? Und was nehmen wir mit nach Hause? Wie verhält sich das Eigene zum Fremden? Wird durch eine solche Verfremdung des Eigenen, eine zumindest teilweise Neustrukturierung – man könnte es auch etwas bescheidener als ein Umdenken bezeichnen – erreicht? Kurzum: Welche Veränderungen bewirkt eine Reise wie diese nach Tunesien, in einen doch im ganzen immer noch exotischen Lebensraum?

Auf jeder Reise, auf jeder Etappe unseres Lebenswegs tragen wir eine Menge Gepäck mit uns herum. Gar manches ist im Koffer des Lebens nicht oder nicht mehr greifbar, anderes liegt ganz oben, tragen wir auf dem Körper, der Haut. Kritiker des Reisens kommen mit Gottfried Benn zu dem Schluss: »Ach, vergeblich das Fahren, / spät erst erkennen Sie sich: / schweigen und stille bewahren / das sich umgrenzende Ich.« Um mit der Tunisreise der drei Maler zu antworten: Ich denke, dass eine Reise uns sehr wohl verändern, uns Anstöße vermitteln kann, die sich fruchtbringend auf unseren Lebensvollzug auswirken.

Sonntag, den 28. Mai 2006:

KARTHAGO UND SEINE GESCHICHTE

Nach Karthago führt eine lange Allee gesäumt mit Jakaranda, diesem blauvioletten Gespinst, das sich vor den blassblauen Himmel spannt. Die Geschichte des Mittelmeerraumes wird vor uns ausgebreitet.

Die zentrale Stellung der Phönizier, denen wir das Alphabet verdanken, das die Griechen übernehmen und aus Lautzeichen, die sie nicht benötigen, Zeichen für Vokale machen, die unser Alphabet vervollständigen, das Lesen von Texten weitgehend vereinfachen. So steht um 800 v. Chr. eine Buchstabenschrift zur Verfügung. Mündliche Überlieferung nimmt feste Gestalt an. Homer verfasst seine Epen »Ilias« und »Odyssee«. Doch das Alphabet steht erst am Ende der Entwicklung einer Schrift, die im Osten ihren Anfang nimmt, wie überhaupt unsere Kultur aus dem Osten kommt, wie wir aus dem Orient Orientierung erfahren. Auch Europa ist ja eine phönizische Königstochter und kommt von dort.

Es gibt kriegerische Auseinandersetzungen im Nahen Osten. Eine phönizische Königstochter verliert durch Mord ihren Gatten. Sie muss fliehen. Elissa / Dido macht sich auf nach Westen. Das geschieht im 9. Jahrhundert vor Christus. 814 ist das legendäre Datum. Die phönizische Königstochter gilt als Gründerin Karthagos. Das Land um den Byrsahügel wird besiedelt, soviel Land, wie auf eine Kuhhaut geht, so lautet der Handel. Schon um 1100 v. Chr. wird Utica als phönizischer Stützpunkt gegründet. Die Phönizier und so auch die Punier, wie die Römer sie nennen, sind Händler. Es geht, wie wir heute sagen würden, um Profitmaximierung. Sie befahren die Meere, auch den Atlantik, die afrikanische Küste hinunter, nach Großbritannien, des Zinns wegen, das sich zusammen mit Kupfer zu Bronze verarbeiten lässt. Und wer möchte ausschließen, dass sie nicht auch schon nach Amerika gelangten? Um etwa 800 v. Chr. bekommen sie Konkurrenz von den Griechen.

Kulturell übernehmen die Punier die Errungenschaften anderer Völker, auch deren Götter. Das Gedankengut, die gestaltenden Formen werden mit dem Eigenen kombiniert. Es entsteht eine synkretistische Kultur, die Ägyptisches, Griechisches, Etruskisches und kulturelles Erbe aus dem Nahen Osten in sich vereint. So überwiegt Griechisches etwa in einer weiblichen Maske, die dem dorischen Ideal mit archaischem Lächeln entspricht. Mitunter treibt der Synkretismus eigenartige Blüten, so in einem dem Anubis angeglichenen Tierkopf, der auf einem Frauenkörper ruht. So wird Kybele mit dem turmförmigen Kopfschmuck zu Demeter, wobei der Turm für Stadtbefestigung und städtische Organisation steht, für Fortschritt.

Es sind die kolonialen Interessen der Griechen vor allem, die sich mit denen der Punier überschneiden, auf Sizilien, Sardinien, an der südspanische Küste. Auch die Etrusker spielen eine nicht zu unterschätzende Rolle. Sie sind Meister in der Verarbeitung von Bronzegeschirr. Durch eine bestimmte Art des Brennens stellen sie Keramik her, Tonkrüge mit einem dunklen metallischen Schimmer.

Später werden die Römer die Macht Karthagos nicht länger dulden. In drei langen Kriegen werden die Karthager bekämpft und schließlich völlig geschlagen, auch wenn das »Ceterum censeo Carthaginem esse delendam« des alten Cato Legende ist, so passt es doch in den historischen Kontext. Die endgültige Niederlage war wohl nicht möglich ohne die Kooperation oder den Verrat der Numidier, der nomadischen Berberstämme aus dem Hinterland. Die Römer unter Scipio Africanus Maior hatten mit der Unterstützung des Numidierfürsten Massinissa Hannibal in der Schlacht bei Zama besiegt. Der Enkel des älteren Scipio (später Africanus Minor) tritt 149 v. Chr. in die Fußstapfen seines Großvaters Scipio Africanus Maior und besiegt nun endgültig das Volk der Punier. Karthago wird dem Erdboden gleich gemacht. Massinissa stirbt im Jahr 148 v. Chr. Unter seinen Söhnen wird das Reich aufgeteilt. Es kommt zu Streitigkeiten. Nach dem

Krieg gegen Jughurta, einem ehrgeizigen und machtgierigen Enkel des Massinissa, wird Numidien 105 v. Chr. römische Provinz.

Die Beobachtung, dass Dynastien sich zyklisch verhalten, hat Ibn Chaldun (geboren 1332 in Tunis und 1406 in Kairo gestorben) wohl als erster beschrieben. Die Art und Weise, wie er gesellschaftliche und soziale Konflikte darstellte, ist auch heute noch gültig. Er selber war sein Leben lang involviert in Machtkämpfe zwischen den einzelnen Dynastien, selber hoch gebildet, sah er sich in erster Linie als Verfasser einer Universalgeschichte, die ursprünglich als Geschichte der Berber konzipiert war. Mit diesem Werk schuf er zum ersten Mal in der islamischen Kultur eine auf Tatsachen basierende Analyse der Geschichte dieser Welt. Seine Lehre von den Kulturen umfasst eine ausführliche Diskussion des Gegensatzes von ländlichem und städtischem Leben, von Nomadentum und Stadtkultur. Die zyklische Theorie der Zivilisation von Eroberung, Aufstieg, Dekadenz und Niedergang kann in aller Deutlichkeit in der Geschichte des Maghreb aufgezeigt werden, allerdings nicht nur dort.

KARTHAGO

Dieses Mal regnet es nicht in Karthago. Es ist später im Jahr. Ein heißer Tag kündigt sich an. Vom Byrsa-Hügel, der Keimzelle des punischen Karthago, blicken wir hinunter auf das blassblaue Meer und die Silhouette der gegenüberliegenden verblauenden Bergkette. Unter der Aufschüttung zur Befestigung der römischen Stadt blieben die ruinösen Reste der vorigen erhalten. So findet man rottonigen Putz auf den in der Bauweise des opus Africanum gestalteten Wänden: Monolithpfeiler in gewissen Abständen voneinander aufgestellt und mit Bruchsteinen, Kieseln und anderem Material aufgefüllt, nach dem Prinzip unserer Fachwerkkonstruktion.

Auch die aus punischer Zeit stammenden Hafenanlagen erscheinen am schönsten von hier oben, wo das Wasser klar und blau die Zwischenräume von Grün füllt, fast wie auf römischen Großmosaiken, die Teile der Welt darstellen wollen.

Die Antoninusthermen liegen am Meer. Heute würde man diese Lage nutzen, um das Meer einzubeziehen. Das war damals nicht der Fall. Das Meer war für die Römer in der Regel ein eher zwiespältiges Element, dem man besser mit Misstrauen begegnete. Man vermutete wahrhaft Ungeheuerliches im Meer, wahre Monstren verbargen sich in der Tiefe, und sie hatten ja auch gar nicht so unrecht damit, auch wenn die ufernahen Zonen solche Schrecken in der Regel nicht enthielten. Man badete also in den Thermen und schwamm in der Regel nicht ins Meer hinaus. Dies hielt römische Künstler aber nicht davon ab, eine rauschhafte dionysische Welt ins, ja unters Meer zu verlegen. So stößt man in den bedeutenderen Museen Tunesiens immer wieder auf Mosaike, die den Kult des Dionysos in die Unterwasserwelt des Meeres verlegen. So kommen wilde orgiastische Szenen zur Darstellung, nicht ohne Widersprüche, denn es finden sich auch Tiger und Panther in dieser Umgebung. In dieser Phantasiewelt wird die Realität des Alltags einfach außer Acht gelassen. Eine Kunsthistorikerin sieht in diesen Szenen die Darstellung einer Gegenwelt, einer Glückswelt, die unter den Meeresspiegel verlegt, die Alltagsrealität der römischen Gesellschaft, die die Lebenswelt der Geschlechter streng von einander trennt – und auch dafür gab es Beispiele auf Mosaiken –, komplementär ergänzt und so erträglicher macht. Auf diese Weise werden Sehnsüchte abbildbar, indem man sie außerhalb der realen Dimensionen von Raum und Zeit ansiedelt und so dem üblichen Koordinatensystem und damit dem Bereich des Rationalen entzieht. Es ist eine Welt der Verflüssigung, der Entmaterialisierung und Entgrenzung, die durch die dionysischen Attribute von Tiger und Panther aber auch eine Gefährdung, eine Ambivalenz mit ins Spiel bringt, aber gerade dadurch den Bezug zur Tageswirklichkeit verstärkt außer Kraft zu setzen vermag. Doch fallen Gefahr und Gefährdung, eine mögliche kritische Durchleuchtung nicht ins Gewicht, sie dienen einzig allein dazu, den ausschweifenden Darstellungen eine zusätzliche Dimension zu geben. Davon abgesehen handelt es sich um Szenen voller Leichtigkeit und Lebensfreude: Nereiden, die sich sorglos in einer paradiesischen Wasserwelt ergehen, die sich den Sehnsüchten ihrer Körper überlassen und sich ihrem Glück in Gestalt von Delphinen hingeben,

denen sich Tritonen, Wassermänner mit Schwänzen wie die Satyrn im Gefolge des Dionysos ihrerseits in unkeuscher Absicht nähern. Nymphen oder Nereiden, die sich hemmungslos und ohne zu zögern mit diesen Gefährten in dieser Wasserwelt ohne Schatten vereinen, das Leben oder zumindest diesen einen Augenblick in vollen Zügen auskostend, ohne an ein Morgen zu denken, ausgelassen auf Delphinen, Fischen und Meeresungeheuern mit Pferdeköpfen reitend, losgelöst von jeder Scham. Darstellungen dieser Art finden sich häufig in Thermen, erklärt die Kunsthistorikerin. Das klingt plausibel, würde doch Wasser einen Schleier über das Geschehen breiten, der diese Unterwasserwelt verschwimmen lassen und so das Traumhafte dieser Szenen erhöhen würde. Wasser würde die statischen Bilder zu beweglichen Bildern machen, würde die Nymphen erst eigentlich zum Leben erwecken, würde dem, der sich ins Becken begibt, die Illusion geben, selbst Teil dieser glücklichen Welt zu sein.

Amphitrite, die Tochter des Nereus und der Doris, die wiederum als Tochter des Oceanos eben auch eine Meeresgöttin ist, gehört in die Unterwasserwelt des Meeres. Poseidon hatte sich in Amphitrite verliebt und wirbt vergeblich um sie. Poseidon gewinnt nun einen Delphin, der die Werbung übernimmt und dem es tatsächlich gelingt, die Einwilligung der Amphitrite zu erlangen. Als Dank setzt Poseidon den Delphin als Sternbild an den nächtlichen Himmel. Einem Mosaik, das dieses Paar darstellt, zusammen mit auf Delphinen reitenden Eroten, werden wir in Bulla Regia begegnen. Dort wetteifert die Herrin des Hauses – mit einem unglaublich blauen Auge – im Atrium mit der schönen Göttin – und muss ihr wohl unterliegen.

Die großstädtischen Anlagen der Antoninus-Thermen wurden später geplündert. Nur noch wenige Versatzstücke sind heute malerisch am Meer platziert, das Frische bringt in diesen hochsommerlichen Tag. Die Moscheen von Tunis, Sousse und Kairouan benutzten Karthago als Steinbruch und schafften aus diesen Spolien einer vergangenen Welt das religiöse Ambiente ihres eigenen Glaubens.

Wir machen Halt bei den riesigen Zisternen der punischen Großstadt. Wasser war lebenswichtig, damals wie heute. Grundvoraussetzung für eine Großstadt. Warum ließ man sie verfallen?

In den von Bäumen gerahmten Ruinen des Amphitheaters hüpft ein Wiedehopf. Christenverfolgungen und Märtyrertod. Und eben das »Brot und Spiele«, das an die Fußballweltmeisterschaft denken lässt, die uns bei unserer Rückkehr bevorsteht und »public viewing«. Auch Fußball ist letztlich ein Drama, das inszeniert wird, ein Drama ohne Worte, bei dem ein Ball Körpersprache initiiert, die Parallelen aufweist zum Leben im Alltag und auf der Theaterbühne. Alles ist schließlich miteinander verquickt.

Um es vorwegzunehmen, den Rückflug werden wir zusammen mit der tunesischen Nationalmannschaft antreten, unerwartet, was aber doch die alte mit der neuen Zeit in Berührung bringt.

Der amerikanische Soldatenfriedhof ist sehr gepflegt. Jedem sein Kreuz, jedem sein Fähnchen auf kurz geschorenem Rasen. Als wolle diese absolute Ordnung dem kriegerischen Chaos ein für allemal widersprechen. Oleander – Jakaranda, die Bäume, die den Titel gaben für Penelope Livelys Kindheitserinnerungen an Ägypten, und Olivenbäume, die älter sein müssen als dieser letzte große europäische Krieg, der sich bis nach Afrika erstreckte.

TOPHET

Unvermeidlich ein Besuch des Tophet, einer weitaus älteren Begräbnisstätte. Statt gelben Mimosen und rotem Mohn dieses Mal das Grün der Bäume, das Orange der Dattelfruchtstände und der Flechten auf dem alten Stein. Granatapfelblüten – der Granatapfel (malum punicum) war der Tanit heilig wie die Traube. Oft sind die Votivsteine stark verwittert, aber es finden sich doch einzelne, die das anikonische (das Abbild aufs Zeichenhafte reduzierende) Programm in Reinkultur zeigen. Die Tanit ist vereinfacht dargestellt.

Ein Dreieck, eine Gerade und ein Kreis vermitteln die Chiffre einer Figur. Darüber der Kreis der Sonne, nach oben eingefasst von der Sichel des Mondes, alles in einen Rahmen gestellt, der sich wie ein Raum nach hinten verjüngt. Es gibt eine ganz abstrakte Version, die eine oder mehrere aufrechte schmale Rechtecke, die wohl für Stelen stehen, reliefartig abbildet. Kultsteine, die Teil sind einer nicht-bildhaften, abstrahierenden Tradition.

BARDO-MUSEUM

Der Nachmittag gehört dem Bardo-Museum, untergebracht im Palast des Bey von Tunis.

Die osmanisch-türkische Minderheit regierte Tunesien etwa 300 Jahre lang. Ein Hauch von Delacroix, von Harem und Odalisken scheint den großzügigen Räumen eigen. Dem Eindruck widerspricht allerdings der völlig andere Charakter der römischen Mosaiken.

Den Puniern begegnen wir indirekt in den Stelen der Tanit, die aber jetzt als Dea Caelestis in römischem Gewand erscheint. Die symbolhaft-reduzierte Darstellungsart wird nun von einer figurativen abgelöst. Eine solche Stele aus dem 2. Jh.n.Chr. stellt den Verstorbenen zwischen zwei Säulen unter eine Ädicula. Gestützt wird dieser Bau von zwei kräftigen Karyatiden. Darunter befindet sich eine Darstellung der Opferhandlung mit Stier und Weintraube. Über dem Giebel die Göttin, Dea Caelestis, der man gelegentlich noch die vereinfachte Gestalt der punischen Tanit ansieht. In ihren Händen als Symbole der Fruchtbarkeit: Granatapfel und Traube. Sie wird begleitet von Sonne und Mond, den kosmischen Attri-buten. Darunter die römischen Gottheiten Bacchus und Venus, letztere meist begleitet von Amor. Die römischen Götter werden in der Regel mit den punischen Gottheiten vereinigt, wobei sie mehr oder weniger deutlich übereinstimmen. Es kommt wie meist zu einem Synkretismus. Leicht zu integrieren sind offenbar Bacchus, Venus und Merkur. Herkules spielt eine große Rolle. Baal bekommt den Namen Saturn, behält aber wohl eine starke Eigenständigkeit, ist keinesfalls mit dem römischen Gott gleich-zusetzen.

Es gibt Masken, die man den Verstorbenen mit ins Grab gibt, fürs Jenseits und zur Abwehr böser Geister. Manchmal sind sie klein wie Münzen, Glaspastenmasken, lockiges Haar, oft bärtig und in Blau ge-halten, mit blauen Augen – Blau ist die Farbe der *baraka*, sie soll die Seele vor Bösem bewahren.

Orpheus, der Sänger

Vor allem die großen Mosaike fallen dem Besucher im Bardo-Museum in die Augen. Viel Mythisches wird gestaltet: Apollo und Dionysos und Orpheus, der die konträren Götter in seiner Gestalt in sich vereinigt. Ein Mosaik im Bardomuseum zeigt Orpheus, – allerdings ist der Kopf zerstört – wie er auf der Laute spielt, umgeben von wilden Tieren, die, besänftigt durch seine Musik, lauschend verharren. Eine Musik, deren

Melodie sich auf ihre eigene Körperlichkeit überträgt und sie besänftigt, zähmt, sie dem Herzschlag des göttlichen Spielers unterwirft.

Orpheus ist ein sehr alter Gott, und so enthält sein Mythos unterschiedliche Facetten. Er ist der Sohn des Apollon oder des Oiagros (des Schafhirten) und der Muse Kalliope. Andererseits ist er eng mit dem Dionysoskult verknüpft. Orpheus enthält also Elemente des Apollinischen und des Dionysischen.

Orpheus heiratet die Dryade (Baumnymphe) Eurydike. Sie wird (nach Vergil) vom Imker Aristaios verfolgt und auf der Flucht vor ihm von einer Schlange gebissen, woran sie stirbt. Orpheus trauert (bei Vergil) 7 Monate oder (bei Ovid) 7 Tage.

Mit seinen Klageliedern verzaubert er die Rachegöttinnen, die Erinnyen, Charon, den Fährmann und Kerberos, den Höllenhund und erwirkt so den Abstieg in die Unterwelt. Selbst Hades und Persephone lassen sich von seiner Musik gefangen nehmen, und so darf Eurydike ihm in die Oberwelt folgen, unter einer Bedingung, dass er sich nicht umdrehe. Eurydikes Gang ist noch von dem Schlangenbiss behindert, so dass sie Mühe hat, ihm zu folgen. So kommt es, dass Orpheus sich kurz vor ihrer Ankunft in der Oberwelt umschaut und sie so ein zweites Mal verliert. Seine Trauer ist unermesslich.

Mit seinen Liedern besänftigt er selbst die wilden Tiere, nicht aber die Mänaden. Liebes- und Lebenserlebnis, die sinnlichen Freuden entsprechen dem Dionysischen, sind Voraussetzung des Gesangs, der dem Innen angehört, dem Eigentlichen. Orpheus aber wendet sich ab. Er wird zum Gott der Kunst, des Apollinischen. Er wird schließlich von den Mänaden zerrissen, weil er sich über sie und die sinnenhafte, sinnliche Welt erhebt, als Gott in den Weltinnenraum vorstößt, ins Nicht-mehr-Sichtbare. »Ein Gott vermags. Wie aber, sag mir, soll / ein Mann ihm folgen durch die schmale Leier? / Sein Sinn ist Zwiespalt. An der Kreuzung zweier / Herzwege steht kein Tempel für Apoll.« ... »Gesang ist Dasein. Für den Gott ein Leichtes. / Wann aber *sind* wir?« (Rilke, Sonette an Orpheus, I,3) Orpheus ist der Gott, der durch Leben und Tod geschritten: »Nur wer die Leier schon hob / auch unter Schatten, / darf das unendliche Lob / ahnend erstatten. // Nur wer mit Toten vom Mohn / aß, von dem ihren, / wird nicht den leisesten Ton / wieder verlieren. // Mag auch die Spieglung im Teich / oft uns verschwimmen: / *Wisse das Bild.* // Erst in dem Doppelbereich / werden die Stimmen / ewig und mild.« (Rilke, Sonette an Orpheus, I, 9) Die Mänaden werfen das Haupt des Orpheus ins Meer, wo es weiter weinend nach Eurydike ruft. Auf Lesbos wird es von Nymphen begraben. Orpheus gibt die Gabe der Dichtkunst weiter an die Bewohner der Insel. Im 8. Jahrhundert vor Christus leben dort Sappho und Alkaios, die ersten Lyriker der Griechen und einer neuen Zeit; ein Ereignis, das ich im folgenden Haiku ausgedrückt habe: Hören auf Sapphos / Verse – die einer Frau, die / ich sagte und du. – Es gab auf Lesbos ein Heiligtum und ein Orakel. Orpheus' Leier aber setzten die Götter als Sterne ans Firmament. – Sein Instrument ist die Lyra. Lyrik leitet sich davon ab. Ein Schildkrötenpanzer wird mit einer Kuhhaut bespannt. Zwei am Panzer befestigte Jocharme, meistens gebogene Hörner, sind durch ein Joch miteinander verbunden, von dem wiederum sieben Saiten zurücklaufen zum Schallkörper.

Orphik

Noch ein Wort zum Kult des Orpheus, der Orphik oder dem Orphizismus, der seit dem 6. Jahrhundert v. Chr. nachgewiesen werden kann: Dionysos Zagreus, Sohn des Zeus und der Persephone, wurde aus Eifersucht von den Titanen aufgegessen. Daraufhin aß Zeus dessen Herz und schuf einen neuen Dionysos, den Gott der Entäußerung und Entgrenzung, des orgiastischen Rausches. Aus der Asche der verbrannten Titanen aber schuf Zeus die Menschen, die fortan mit einer Doppelnatur leben mussten aus Körper und Seele, die sowohl das Dionysische, als auch das Apollinische in sich vereinten. Die orphischen Riten zielten auf Reinheit, auf Askese. Der Mensch ging durch Stufen, durch verschiedene Stadien der Inkarnation.

Für Nietzsche, der sich in seiner Schrift: »Die Geburt der Tragödie aus dem Geist der Musik« mit dem Thema befasst, verkörpert die Figur des Orpheus die komplementären Gegensätze des Apollinischen und des Dionysischen. Die Schönheit der Form steht dem wilden, ungezähmten Trieb gegenüber. Das Dionysische ist der Motor des schöpferischen Tuns, das Apollinische bindet das Unbändige, das Ungebärdige ein in die Form, gibt ihm Gestalt, schafft das Kunstwerk. Beide Formen des Seins gehören für Nietzsche zusammen und waren in der griechischen Tragödie vereinigt und sind in der mythischen Gestalt des Orpheus untrennbar miteinander verbunden. Erst das analytische Denken eines Sokrates, Platon und Aristoteles haben für Nietzsche diese Einheit zerstört.

Auch Goethe wusste Orpheus als zentrale Figur des griechischen Mythos zu schätzen. In seinen »Urworte Orphisch« verbindet er das Schicksal des Menschen schlechthin mit diesem Sänger.

RILKE UND ORPHEUS

In Rilkes Sonetten an Orpheus wird eine feste Form tänzerisch umspielt und so dem Gesang des Orpheus angeglichen. Im Orpheusmythos erlebt Rilke seinen eigenen Zwiespalt zwischen Leben und Dichtertum. Orpheus' Künstlersein basiert auf der Liebe zu einer verlorenen Geliebten. Rilke sieht sein selbstbestimmtes Leben als Voraussetzung seines Dichtertums. Die Erfahrung von Leben und Tod ist wesentlich für Orpheus. Er hat Teil an beiden Bereichen, was dem Menschen nicht möglich ist. Letzterer kann diese ganzheitliche Erfahrung nur als Ahnung erfassen. Der Tod als Vertiefung, als Mulde, ist von Schmerz und Verzweiflung geprägt, eine Negativform, in die das Wort, die Dichtung als Positivform gegossen wird. Das ist es, was Orpheus, der Gott, der Magier, der Dichter in seiner Klage vollbringt, die den Ruhm der Schöpfung enthält.

Orpheus sitzt auf Mosaiken oft unter Bäumen, denn auch sie berührt er mit seiner Musik. Im Stundenbuch heißt es: Gott aber »dunkelt tief« in der Wurzel des Baumes, in dessen Wipfel die Engel »das letzte Wehn«

sind. Den Baum als Vermittler zwischen Himmel und Erde erfährt Rilke in Ronda als Zugang zum Weltinnenraum: »Nirgends, Geliebte, wird Welt sein als innen.« (7. Elegie) Auch Vögel gesellen sich häufig zum mythischen Sänger. Geflügelte Wesen als Mittler, das ist in der Mythologie der Völker nichts Ungewöhnliches. Auch der Engel ist solch ein geflügeltes Wesen. Und so erscheint im Engel der Elegien »die Verwandlung des Sichtbaren ins Unsichtbare … schon vollzogen«, »eine Raumwahrnehmung jenseits der Anschauung«. Genau um diese Grenzüberschreitung geht es Rilke. Und geht es darum nicht auch Paul Klee? Ist der Engel Rilkes verwandt mit den Engeln im Spätwerk von Klee?

RÖMISCHE KOPIE EINER GRIECHISCHEN STELE

Eine römische Kopie aus dem 1. Jh. n. Chr. von einem verlorenen griechischen Original von 410 v. Chr. schildert den Moment des Erkennens der beiden Liebenden, der mit dem Abschied einhergeht. Schon greift Hermes, der Seelengeleiter, nach Eurydikes Hand. Diese Stele drückt die gelassene, stumme Trauer griechischer Grabstelen aus, das Unausweichliche des Abschieds mit dem Versprechen einer Treue über den Tod hinaus.

Abschied

Ein schmales Lächeln ruht
auf ihrem Antlitz
und so als wolle sie sich nun erheben
doch ruht die Hand des Mannes
noch auf ihrer Schulter
als wolle er sie rasch
am Gehen hindern
und so als suche er nach
einem Zauberwort.

So lebensnah erscheint
der Tod auf griechischen Stelen.
Hier nehmen unbewusst
zwei Liebende den Abschied

schon vorweg
bevor noch eine kleine
Ahnung vom großen Tod
ihr Herz bewegt.

Zyklische Zeit – der Alltag

Die Zeit in ihren immer wiederkehrenden Aspekten, die zyklischen Abläufe, die das Leben des Einzelnen ausmachen. Auch dies wurde dargestellt auf riesigen Bodenmosaiken. Die Jahreszeiten werden repräsentiert durch Frauengestalten, versehen mit den entsprechenden Symbolen des Wachsens, Reifens und Erntens und dem winterlichen Innehalten. Diese Frauen sind wie Göttinnen, Fruchtbarkeitsgöttinnen, die sich eng an den Mythos etwa der Demeter anschließen. In Sousse werden wir vor einem Mosaik stehen, das die spezifischen Tätigkeiten der einzelnen Monate darstellt. In den europäischen Sprachen sind in den Namen der Wochentage die mythischen Götterfiguren zum Teil bis heute erhalten.

Der Alltag spiegelt sich in diesem Zeitverständnis der Wiederkehr des Gleichen. Und auch das wurde gestaltet. Die Herrin in die Mittelachse gesetzt, umgeben von ihren Dienerinnen, die ihr die Schmuckschatulle reichen, den Spiegel hinhalten. Das Ganze in einen Rahmen gesetzt mit einer an Briefmarken erinnernden Zahnung, wie etwa bei dem Bodenmosaik in situ in Bulla Regia. Die Eitelkeit des Pfaus, der allerdings auch andere Konnotationen hat, so wird er Hera/Juno zugeordnet, die für die Ehe, den Hausstand zuständig ist. (Der Pfau ist in vielen Kulturen Sonnensymbol und Zeichen der Unsterblichkeit.) Das Prestige des Hauses lag aber auch in dem, was die Felder hergaben, den auserlesenen Früchten, Granatäpfeln, Trauben und Feigen, Pfirsichen und Aprikosen. Der Ruhm des Hausherrn zeigt sich in den Erträgen von Jagd und Fischfang. Szenen dieser Art werden ausführlich geschildert.

GRIECHISCHE STATUEN

Immer wieder treten antike (griechisch- römische) Statuen hervor an den Schmalseiten der Gänge, wo sie ganz für sich stehen oder im Atrium, wo sie in Beziehung treten zueinander. Es sind die alten Griechen, die die Schönheit des nackten Körpers entdecken und zur Darstellung bringen oder aber den nackten Körper durch den Faltenwurf der Kleidung unterstreichen. Die Falten des Stoffes umspielen die Körperformen, bringen eine Lebendigkeit der Gesten zum Ausdruck, eine dem Körper innewohnende Dynamik. Diese Art der Darstellung ist imstande, klassische Ruhe auszudrücken oder ekstatische Bewegtheit, wie sie der hellenistischen Epoche entspricht. Der Kopf, und damit das Gesicht, gehen oft verloren, und so erhalten diese Figuren etwas Zeitloses, Allgemeines.

Montag, den 29. Mai 2006:

Ein Blick vom achten Stock in den Park des Hotels: Eine tiefrote Bougainvillea hangelt sich eine Zypresse hinauf, schöne schmiedeeiserne Gitter und Balustraden, die Ornamente der »Tunisreise«, und all das weckt in mir die Erinnerung an die dunkel verschleierte Frau, deren rotes Kleid für Augenblicke darunter aufblitzt. Später dann die Schafhirtin ganz in Rot, lebensfrohe Berberfrauen, deren farbige Gewänder mit den Silbergehängen um Kopf und Brust korrespondieren. Wie fremd muss diesen Völkern die Strenge des Korans gewesen sein. Nochmals die blassblaue Silhouette der Bergkette über dem Wasser. Es geht hinaus aufs Land. Ölbaumhaine.

Ölbäume teilen ihre Stämme nach 400 Jahren, sie können 1200 Jahre überdauern. Ihre Wurzeln haben einen achtmal größeren Radius als ihre Kronen, zum Vergleich: beim Apfelbaum entsprechen sich Krone und Wurzelwerk in ihrem Umfang. An einem römischen Aquädukt bei Zaghouan halten wir. Wenn man über viel Störendes wegsieht, ergeben sich alttestamentarische Bilder vom Hirten, von Schafen und Ziegen und Steinmauern, die dem Verfall überlassen werden. Die Getreidefelder sind abgeerntet, nur die Disteln stehen stolz und aufrecht am Rande. Steppenfarben Ton in Ton herrschen mit einem grüngelben Hauch vom letzten Regen. Ein Mann auf einem Esel schlägt rhythmisch mit seinen Beinen gegen den Eselbauch.

Die Landschaftsformen des heutigen Tunesien, der »Kornkammer der Römer«, sind vielfältig. Das Gebiet im Norden des Landes, durch das wir jetzt fahren, ist auch heute noch fruchtbar. Es gibt nur einen Fluss, der das ganze Jahr über Wasser führt: der Medjerda, und er fließt durch diese Gegend.

Zum Vergleich die Niederschlagsmengen: Tunis erhält 500 mm, Stuttgart 618 mm. In Hammam Bourgiba regnet es 1000 mm – das ist mehr als im Schwarzwald. In der Sahelzone an der Ostküste Tunesiens regnet es schon spärlicher: 200 mm (El Djem). Hier sind die unendlichen Ölbaumhaine, jeder zum andern in gebührendem Abstand.

THUBURBO MAIUS

Thuburbo Maius ist eine punische Gründung und hielt zu Karthago im 3. Punischen Krieg. Von Augustus befriedet, der Veteranen hier ansiedelte. So wurde es zur punisch-römischen Stadt. Hier wurde wahrscheinlich Lucius Apuleius geboren. Er war Philosoph und Rechtsgelehrter und wurde berühmt für seine Geschichtensammlung »Metamorphosen oder der goldene Esel«. Der Held wird in einen Esel verwandelt und sieht nun alles aus der Eselperspektive, aber mit menschlichem Verstand. Wie Boccaccios »Decamerone« ist es eine Addierung von Episoden. Darin enthalten ist die Geschichte von Amor und Psyche, der Mythos von großer Liebe, deren Gefährdung durch die äußere Welt und aus dem eigenen Innern.

Amor und Psyche

Neugier stand
am Anfang
von Erkenntnis –
du denkst an Eva
offenbar besaß
die Frau

die größere Neugier.
Ist Neugier nun gleich-
zusetzen mit dem Drang
nach Erkenntnis?
Oder war Eva wirklich
leichter verführbar?
Jahrhunderte wollten es so.
War sie nicht vielleicht
in größerem Maße
offen und wahr?
Ist der Zweifel nicht nur
die andere Seite
von Sehnsucht nach
Glauben? Warum ist es Eva,
die nach dem Apfel greift?

Im antiken Mythos –
oder ist es eher
ein Märchen? –
wo aber ließe sich hier
eine treffende
Grenze ziehen? –
In Griechenland,
da ist es Psyche,
die es nicht länger
erträgt, den ihr Vermählten
nicht zu er-kennen –
so beginnt sie zu zweifeln,
auf fremde Stimmen zu hören,
mit ihnen schließlich
den eigenen Glauben
zu hinterfragen,
es folgt die Tat:
das nächtliche Licht der Lampe
beseitigt den Zweifel.
Der Geliebte ist vollkommen
und schön, Gott Amor selber.
Doch verrät sich die zitternde
Hand durch den Tropfen
von heißem Öl auf Amors Wange.
Das Übertreten des Gebots
verlangt nach Sühne. Und

Psyche kämpft, nimmt Unmögliches
auf sich, und siehe – es wird ihr
Hilfe zuteil und zu guter Letzt
auch Rettung aus Gnade – ihr
unbeugsamer Glaube. Sie tritt
mit der Wahrheit ins Reich
der Götter. Soweit das Märchen.

Doch was wird aus Eva?
Der biblische Mythos tritt nicht
so rasch in die Spuren des Märchens.
Für Eva bedeutet Erkenntnis
Vertreibung und Mühsal,
nicht jedoch Trennung
von Adam, dem Mann,
der die Strafe, das Exil
mit ihr teilt: eine andere Version,
eine neue Geschichte.
Doch bleibt die Trennung,
die Adam und Eva,
um im Bilde zu bleiben,
getrennt unter den Baum
der Erkenntnis stellt –
und damit wächst Zweifel,
die Zwietracht von Abel und Kain.
Am Anfang stand
der Drang nach Erkenntnis.
Ist er das Geheimnis, das uns
von den Tieren trennt?
Ist Individuation,
die Trennung der Geschlechter,
der Preis für diesen ewigen Stachel,
der uns fortwährend voll Unruh
zu neuen Taten treibt?

Neugier als Stachel,
als Ansporn,
als Zweifel, der
dennoch Rettung
ermöglicht.
Hoffen wir nicht alle
auf ein Märchen?

Das Buch des Apuleius enthält auch einen Hymnus auf die Göttin Isis, die ganz im Sinne eines Synkretismus alle Göttinnen in ihrer Person vereint. Durch Isis gelingt die Rückverwandlung des Esels in den Menschen. Diese Form von Religion, die unterschiedliche Mythen miteinander vereint, erscheint hier als friedliche Religion, indem sie zu einer solchen Zusammenschau fähig ist. Das Christentum dagegen hält viele dieser archaischen Elemente unter dem Mantel des Monotheismus verborgen.

AUGUSTINUS UND NORDAFRIKAS BEDEUTUNG FÜR DAS CHRISTENTUM – ODER WAS DIE KATHOLISCHE KIRCHE DEM AUGUSTINUS VERDANKT

Augustinus lebte von 343 bis 430 n. Chr. Nach Christi Tod gab es wohl zwei Gruppen, die sich um die Nachfolge bemühten, das waren einerseits die Jünger, zum anderen wohl die Familie von Jesus – das war bei Mohammed übrigens auch nicht anders. Es gab von Anfang an unterschiedliche Konzepte, die im Wettbewerb zueinander standen. Paulus übernahm dann die Führungsrolle, und damit konnte sich das Christentum in den griechischen Bereich ausbreiten, war offen für die Philosophie der Metaphysiker Platon und Aristoteles. Paulus öffnete das Christentum für die Welt, löste es von seinen jüdischen Ursprüngen, vom Judentum als solchem, was nicht konfliktlos vor sich ging. Nach Paulus übernahm Petrus die Führung. Später kamen dann intellektuelle Impulse aus Nordafrika. Augustinus, dort geboren, wurde nach einer wilden Jugend von Bischof Ambrosius in Mailand zum Christentum bekehrt, sehr zur Freude seiner Mutter Monica, die Christin war. Augustinus war zu dieser Zeit Professor für Grammatik und Rhetorik in Rom. Er reiste danach nach Trier und York (Eboracum). Seine Mutter Monica folgte ihm. Das Alte Testament habe einen gewissen literarischen Anspruch, der dem Neuen Testament abgehe, meinte Augustinus. Die Legende seiner Bekehrung sagt, dass er träumte, er sei am Strand, wo er einem Kind begegnet, das ein Buch liest und es ihm reicht.

Es handelt sich um Römer 13. Danach kehrt er nach Karthago zurück und wird zum Apologet des Glaubens. »De Civitate Dei« reflektiert Platons »Politeia«, aber auch Ciceros »De re publica«. Auch Augustinus hat wie Platon eine Vision. Er spricht vom Bürgerrecht des Himmels wie Paulus. Er verhindert gewissermaßen ein Auseinanderfallen des Christentums in unterschiedliche Gruppen wie die der Manichäer, deren Auffassung auf einem starken Dualismus von Gut und Böse beruht und Elemente aus der Lehre des Zarathustra übernimmt.

Im Falle des Donatismus, der unter der Nomadenbevölkerung Nordafrikas großen Zuspruch findet und das Märtyrertum propagiert, versucht er zu vermitteln, was ihm aber nicht gelingt. Augustinus ist auch verantwortlich dafür, dass von nun an, Latein das Griechische als Sprache der Kirche ersetzt. Wie Luther setzt er sich auseinander mit dem Verhältnis von Gnade und guten Werken, stellt er die Frage nach dem gerechten Gott.

Die Christen in Tunesien zerfleischten sich u.a. über die Natur von Christus. Wer war Christus? War er ein Mensch? Wurde er erst später göttlich? Hatte Christus nur eine Natur? War er Gott von Anfang an? Die Araber fanden ein zerstrittenes Christentum vor. Doch erstaunlicherweise ließen sie Juden und Christen in Tunesien nach ihrer Fasson leben.

KAIROUAN

643 hatten die Araber Alexandria erobert. Dabei verbrannte die dortige Bibliothek und damit ein großer Teil der Weisheit der Antike. 670 kamen die Araber mit Oqba Ibn Nafti nach Tunesien. Mitten in der Steppe errichteten sie ein Feldlager. Für den Standort waren strategische Gründe ausschlaggebend. Kairouan wurde der Ausgangspunkt für die islamischen Eroberungen in Afrika und Spanien. Die Araber übernahmen das römische Erbe. – Wir sind im Steppenland, in der semi-ariden Zone, und die Sonne scheint unbarmherzig auf uns herab.

Kairouans beste Zeit war unter den Aghlabiden im 9. Jahrhundert. Dennoch ist auch heute noch Kairouan, nach Mekka, Medina und

Jerusalem, die viertwichtigste Stätte des Islam. Sieben Wallfahrten nach Kairouan ersetzen eine Pilgerreise nach Mekka. Damit ist die Stadt ein Zentrum des islamischen Glaubens.

ZITOUNA-MOSCHEE

Die Moschee ist arabisch der Ort, sich zu verbeugen. Das Gebet ist allerdings nicht an die Moschee gebunden. Es gab zunächst keine Gebäude. Da machten die Omajaden die christliche Hagia Sophia zur Moschee. Sie war ein Kuppelbau. Die Kuppel als Kosmos mit dem Pantokrator entsprach der christlichen Symbolik. Die Moschee entstand in der Auseinandersetzung mit dem Christentum. Es gab allerdings keine Weiterentwicklung wie bei den Christen, wo unterschiedliche Stile, etwa Gotik auf Romanik, einander folgten. So öffnet sich die Gotik nach oben zum Himmel, zum Licht, so wird die Kirche zum Haus Gottes. Muslime verfolgen eine andere Intention. Die Moschee ist ein Versammlungsort, ein soziales Zentrum. Das Gebet ist ein Bei-sich-selber-Sein, das Konzentration verlangt, eine Reduktion der Formen. Dazu trägt die Gestaltung des Raumes bei.

Die Wände sind glatt und schmucklos, die tief gehängten Lampen verhindern ein Abschweifen der Blicke. Diese Lampen finden sich auch als abstrakte Muster auf den Gebetsteppichen wieder. Jeder betet für sich in der Richtung nach Mekka, zum Mihrab gewandt an der Qibla, die die Richtung vorgibt. Der Mensch darf sich nicht zum zweiten Schöpfer machen, muss sich einbinden in die göttliche Harmonie. Er darf nicht abbilden, sich selber nicht abbilden lassen, jedenfalls ursprünglich und orthodox betrachtet. Stattdessen wird der Sternenhimmel zum Ornament, der Makrokosmos als Mikrokosmos in Abstraktion dargestellt: der Sternenhimmel als Spinnengewebe Gottes.

Moscheen in Grenzgebieten sind Festungen, nach außen abgeschottet machen sie sich breit, sind durch eine hohe Mauer abgeschlossen, ruhen in sich. In Sousse und anderswo sind sie Kloster und Festung zugleich: Ribat, Festungskloster. Auch die Zitouna-Moschee wird von einem hohen

Wall eingegrenzt. In dessen schmaler Schattenzone schreitet ein Araber mit einem Schaf. Ein anderer hat sich dort niedergelassen. Er verfügt über alle Zeit der Welt. Vor der Mauer ein islamischer Friedhof: Unter den geweißten Steinplatten befinden sich auch die Kuppelgräber von Marabuts, vorbildliche und damit verehrenswerte Moslems, die als Heilige verehrt werden.

Das Minarett der Zitouna-Moschee hat eine quadratische Basis und entspricht damit der Grundform im Maghreb. Das schmale runde Minarett ist typisch für den Nahen Osten, abgebildet auf Kacheln in der Barbier-Moschee. Das für den Maghreb spezifische Minarett hat drei Stufen, die beiden unteren enden in Zinnen, die oberste trägt die Kuppel, je nach Bedeutung der Moschee sind ein bis drei Kugeln unter dem Halbmond angebracht.

Wasser ist wichtig für die Waschungen vor dem Gebet. Im Hof der Zitouna-Moschee ist eine Filteranlage eingebaut, die gröberen Schmutz abfängt und ein ästhetisch dankbares Muster entwirft. In der Mitte des Hofes steht eine Sonnenuhr, um sie abzulesen, muss man einige Stufen hochsteigen. Doch steht die Sonne so hoch am Himmel, dass die Uhr – für meine Augen zumindest – den Dienst versagt. Die gleißende Mittagssonne setzt das Messen der Zeit außer Kraft.

Der eigentliche Gebetsraum ist ein Säulenwald aus römischen Spolien, undurchdringlich hat er im Halbdunkel etwas von einem Labyrinth: Erinnerungen an Cordoba erwachen. Die Säulen sind in ihrem unteren Teil von bunten Strohmatten bedeckt. Was zählt, ist die Harmonie der Zahlen und der Farben: grün, blau und ocker. Nichts Individuelles ist erlaubt. In diesem Säulenhain bleibt der Einzelne einer unter vielen, in die Gemeinschaft eingeschlossen, geborgen, verborgen. Der Einzelne soll nur die Allmacht Allahs verkörpern, sich nicht selber einen Namen machen.

BARBIER-MOSCHEE

Die Barbier-Moschee gehört ins 17. Jahrhundert. Hier ist ein Heiliger begraben, der drei Barthaare des Propheten unter der Haut eingenäht trug.

Die Frauen beten hier um Fruchtbarkeit, lassen sich mit Parfum besprühen, vielleicht hilft ja auch das. Die kleinen Jungen werden hier beschnitten, vorher als Scheichs herausgeputzt, mit Geschenken bedacht. Der Vater muss ein Fest geben. Das lässt gar manchen Familienvater abwarten, damit mehrere Söhne dieses in der Tat einschneidende Ereignis zusammen feiern können.

Teppiche und vor allem Fayencen (Lüsterkeramik) geben diesem kleineren Gebäudekomplex seinen Charme. Die Ornamente der Kacheln sind ähnlich, verwandt und doch niemals ganz gleich. Die Muster gliedern sich ein in ein großes Ganzes, so wie der Mensch sich in die Gemeinschaft einpassen soll.

Doch gibt es hier Kacheln mit dem Motiv des Minaretts wie aus 1001er Nacht: Minarette aus dem Osten. Scheherezades Geschichten kommen ja auch aus Arabien, Persien, Indien, wer weiß, wo sie ursprünglich entstanden, diese Geschichten, die den Tod hinausschieben halfen.

Mohammed fastete 40 Tage in der Wüste. Er war Analphabet. Der Engel Gabriel diktierte ihm den Text, die Merksätze, die er auswendig lernte. Zu seinen Lebzeiten gab es keine schriftlichen Aufzeichnungen. Das Auswendiglernen steht auch heute noch im Mittelpunkt der religiösen Erziehung der Kinder. 10jährige können viele Suren auswendig, auf Arabisch, auch dann, wenn sie eine andere Muttersprache haben. Sie müssen diese Suren nicht verstehen. An die großen Moscheen sind Schulen angeschlossen, Medersen (oder Medresen). Das ist eine Art Universität. Der Schüler, der Student sucht sich einen Lehrer, sitzt zunächst im äußeren Kreis und rückt dann, wenn er Fortschritte gemacht hat, in den engeren Kreis vor. Die Prüfung vollzieht sich vor der Gemeinde. Der Student muss Jura studieren, Rhetorik, Grammatik, die arabische Sprache. Doch gibt es keine Zwischeninstanz zwischen Allah und dem Einzelnen, keine Hierarchie.

Der Imam ist nicht an Weisungen gebunden. Es gibt keinen Katechismus. Die individuelle Auslegung verhindert dogmatische Kämpfe. Die Gefahr besteht in der extremen Bandbreite der Exegese. Deshalb gibt es für die christlichen Kirchen, den einzelnen europäischen Staat keinen wirklichen Ansprechpartner, keine verbindliche Instanz. Der Islam ist ganzheitlich, umfasst das säkulare Leben und die Religion. In Europa haben wir eine weitgehende Trennung der Bereiche.

Der ersehnte Gang durch die Medina von Kairouan. Ich suche nach den Motiven, die mich vor sechs Jahren so beglückt hatten. Als ich die Stellen finde, erscheinen sie verfallener, ist der Putz etwas mehr abgebröckelt, das Blau der Türen und Fenster blasser geworden. Allerdings erscheint an derselben Stelle wie damals ein Radfahrer, unerwartet wie damals fährt er mir ins Bild. Aber auch er ist älter als der damalige, älter geworden wie wir.

Der Himmel verdunkelt sich rasch. Als ein heftiger Wind aufkommt, bringen die Händler ihre Ware in Sicherheit. Wir tun es ihnen nach und fliehen in unseren Bus. Ein heftiges Gewitter platzt hernieder. Wir erreichen unser Hotel, die Kasbah von Kairouan, und blicken gebannt hinaus in den Innenhof, in dem es um einen schönen Pool üppig blüht, und schauen dem Gewitter zu, dem Gewitter, das über dieses kleine Paradies hereinbricht und einen Blütenteppich über die Bodenfliesen ausbreitet.

Später schwimmen wir im abendlich gedämpften Pool. Im Wasser lösen sich die überhitzten Glieder dieses heißen Tages. Über uns kreisen die Schwalben. Die Tauben in den Bäumen gleichen Paradiesvögeln. Die zarten blaulila Blüten der Jakaranda begleiten die laute Farbigkeit der Bougainvillea. Der Körper gleitet durch das Wasser. Die Haut wird porös, durchlässig, tauscht Feuchtigkeit aus mit dem Wasser im Pool. Es ist als wüchsen mit der Zeit Flossen und Kiemen, als passe der Körper sich ganz allmählich an das Flüssige um ihn an. Und auch nach dem Verlassen des Pools bleibt ein Gefühl der Osmose, während der Wind stärker wird, ein erneutes Wetter hereinzubrechen droht, das die Schwalben tiefer kreisen lässt.

Die Bilder des Tages verblassen, scheinen an Kontur zu verlieren und sich einzupassen in den Blütenteppich, den das Gewitter über die Bodenfliesen gelegt hat.

Drei Farben bestimmen die Räume der Kasbah, die den Farben der Kacheln in der Moschee entsprechen. Blautöne überwiegen, das Bett, der Teppich, die Vorhänge, als lege sich ein tröstlicher Nachthimmel auf unser

Gemüt. Es gibt keine großen Fenster, alles Licht ist gedämpft durch die vorgelagerten Erker mit ihren durchbrochenen Holzgittern. Die Räume einer gereiften Scheherezade, einer, die die Gefahren überwunden, ihre Geschichten erzählt hat oder doch der zwanghaften Situation entkommen ist, unter der sie sie erzählen musste.

Dienstag, den 30. Mai 2006:

Es ist kühler geworden. Der Himmel hält sich wohltuend bedeckt. Wir fahren nach Sousse, dem römischen Hadrumetum. Die Stadt trennte sich von Karthago und wurde dafür von den Römern belohnt. Es ist der Handelshafen für den Süden, war im 2. Weltkrieg Nachschubhafen für Rommel. In dieser Gegend gab es römische Bauten des Limes Mauretanus. Die Limeszone verläuft allerdings weiter südlich, ist keine geschlossene Mauer wie der Hadrianswall. Hier endet die Karriere eines römischen Soldaten, eines Präfekten aus Aalen, der schließlich zum Verwalter von Gütern in Hadrumetum aufsteigt.

Die Stadtmauer ist gut erhalten und umringt die Medina. Am höchsten Punkt liegt die Kasbah, die heute das Museum beherbergt. Der Blick von der Terrasse auf den Garten der Kasbah zeigt eine Idylle. Später vom Turm weitet sich der Blick auf Hafen, Meer und Medina, die Dächer, das Reich der Frauen. Wir blicken hinüber zum jüdischen und moslemischen Friedhof. Die liegenden Grabplatten sind weiß getüncht wie die Häuser, nur kleiner sind diese letzten Ruhestätten, die Bedürfnisse der Toten sind auf ein Minimum reduziert.

Im Museum gehe ich auf die Suche nach den Grabbeigaben für die Kinder, nach diesen kleinen Figürchen, Votivgaben für diese jugendlich Verstorbenen und ihre Seelen: Venusfigürchen sollen den kleinen Mädchen ihr ungelebtes Frauenleben ersetzen. Den Jungen gibt man aus ähnlichen Motiven Merkur, Orpheus, Bacchus oder Eros, auch ein geliebtes Spielzeug oder ein Tier mit ins Grab. Schon beim letzten Mal hatten mich diese Votivgaben seltsam berührt.

Exkurs: Gedanken über den Tod

Die Punier gaben ihren Toten kleine Masken ins Grab, fröhliche Gesichter, die die guten Geister binden sollten, und grimmige Fratzen, um die bösen Geister abzuwehren.

In Kindergräbern der Römerzeit fand man kleine Figuren, so Orpheus mit der Leier, umgeben von zwei Knaben, so Venus mit dem entschleiernden Schleier. Warum diese Figuren? Vielleicht Orpheus, weil er die Unterwelt durchschritten hatte, die Erfahrung der Toten vorweggenommen hatte, oder auch weil er einer war, der die Treue gehalten hatte bis zum Untergang, oder weil er gerade aus seiner Treue heraus so grausam zu Tode kam. Jedenfalls ist Orpheus einer, dem der Schmerz des Todes, der tödliche Schmerz nicht unbekannt war.

Und Venus? Soll sie dem Mädchen die nicht-erfahrene Erfüllung des Frau-Seins ersetzen? Kindergräber sprechen von ungelebtem Leben, von nicht-erfahrener Liebe.

Wie Orpheus zu singen bedeutet zu wissen um den Zusammenhang von Leben und Tod. Fröhliche und schmerzverzerrte Masken stehen für die beiden Pole, zwischen denen sich Leben bewegt. Die Liebe ist Grenzbereich zwischen beidem.

Glaubten die Menschen der Frühe an eine Kompensation, eine Rechtfertigung, an Gerechtigkeit, an Erfüllung im Jenseits? Wurden diese Zusammenhänge mythisch erfasst, geformt und gebunden in Geschichten, in Tonfiguren? Ist am Ende das ungelebte Leben der größte Schmerz?

Menschen haben Schwierigkeiten, den Tod zu fassen. Der Übergang vom Leben zum Tod ist die große Unbekannte. Im Islam wird der Tote eine Nacht lang in seinem Hause aufgebahrt. Angehörige flüstern ihm das Glaubensbekenntnis ins Ohr, ein letzter Beistand für die letzte Reise. Es fällt schwer, den Tod als etwas Plötzliches zu begreifen. Ein allmählicher Übergang ist offenbar eingängiger und entspricht dem nicht unmittelbar wahrnehmbaren körperlichen Zerfall. Vierzig Tage gibt man dem Toten für seinen Weg im Islam, vierzig Tage dem Anhänger Buddhas, vierzig

Tage fastete Jesus in der Wüste, vierzig Jahre verbrachten die Kinder Israel in der Wüste, bevor sie das Gelobte Land betreten durften.

Auch im Buddhismus wird der Tote in diesen vierzig Tagen von Geistern heimgesucht und versucht und muss sich bewähren, es sind gute und böse Geister, es ist sein eigenes vergangenes Leben, dem er sich stellen muss. C. G.Jung würde von einer Begegnung mit den Archetypen der Vergangenheit sprechen, einer Begegnung mit der Geschichte der Menschheit. So treffen sich die Vorstellungen der Frühe mit denen unserer Zeit. Sind wir einer Lösung näher?

Auch in Sousse treffen wir auf Mosaiken mit den schon bekannten Themen. Das blaue Auge, das die Seele bewahren soll vor Bösem. Es findet sich auf einem Mosaik, das ein Schiff darstellt. Auch heute noch findet sich dieser Brauch am Mittelmeer: am Bug des Schiffes das Auge, das dem Auge des Sturms ins Gesicht sieht und ihm standhält, so hofft man.

Ein Mann und eine Frau mit der Lyra lässt mich an die frühe griechische Lyrik denken, an Sappho und Alkaios auf Lesbos, die Gabe des Orpheus, dessen Haupt ja auf dieser Insel gelandet sein soll, weitertragend.

Mosaik:
Ein Schauspieler im Gespräch mit seinen Masken

Ein Schauspieler ringt mit seiner Rolle:
soll er sich komödiantisch oder
satirisch dem Stoff nähern,
soll er tragisch und stellvertretend leiden?
Wie die Rollen doch ineinanderfließen,
die Geschichten sich überlagern,
Lösungen sich anbieten oder verweigern,
im Ungewissen verharren und
ausblenden, was zu erfahren wichtig wäre –
wie Tücher, die von den Zeiten verschlissen,
doch das Zeitlose durchscheinen lassen.

Mosaik: Ein flötender Junge tanzt auf einem Delphin: Im 9. Buch seiner Briefe erzählt Plinius eine anrührende Geschichte von einem Jungen und einem Delphin. Es ist nicht die einzige Erzählung vom nahen Umgang des Menschen mit dem Delphin in der Antike, aber sie spielt an der Nordküste Tunesiens an einer schiffbaren Lagune, wo sich eine Gruppe von Jungen regelmäßig im Wasser tummelten und ins Meer hinausschwammen, wobei sie miteinander in einen Wettbewerb traten, wer sich am weitesten hinauswagte. Ein Junge übertraf sie dabei alle und begegnete auf diese Weise einem Delphin, der ihn von nun an begleitete, ihn umkreiste und ihn schließlich durch die Wellen trug immer weiter hinaus aufs offene Meer, dann aber umkehrte und ihn wieder zu seinen Kameraden zurückbrachte. Dies wiederholte sich nun täglich und auch andere Jungen verloren ihre Scheu, aber die enge Beziehung beschränkte sich auf den einen Jungen und seinen Delphin. Ein zweites Tier schwamm nun als Begleiter mit, als wolle es den Delphin beschützen. Der Vorgang zog eine Menge Schaulustiger an, so dass der kleine Ort mit seiner plötzlich gewonnenen Popularität nicht mehr fertig wurde. Und so endet die Geschichte blutig.

Museum von El Djem

Wohltuend privat nach dem Besuch des »Sportpalastes« Amphitheater das intime Museum von El Djem mit seinen Mosaiken, die sich thematisch einfügen in bisher Gesehenes.

Theatermasken

Theatermasken als Mosaik
haben aus der Nähe betrachtet
etwas Grelles, Monströses,
Feinheiten lösen sich auf,
in den Zwischenräumen
verliert sich die Eindeutigkeit
eines Charakters, Identität erscheint
aufgehoben, ausgesetzt –

ein Netz von Rasterlinien
legt sich über die Haut,
eine Tätowierung verallgemeinert,
verhindert individuelle Züge.

Mosaike haben gemeinsam
mit impressionistischen Bildern
die spröden Striche, die
nebeneinander gesetzten Farben,
das Grobe, das auseinander zu
fallen droht, sich aber atmosphärisch
auflöst, wenn man den Abstand wahrt.
So klärt Distanz und schafft
die weichen Übergänge.
Die Nähe dagegen erzeugt
maskenhafte Starre, zergliedert,
zerbricht die Ganzheit der Gestalt
in kaleidoskopische Facetten:
eine Art des Sehens der Moderne.

Domus semper felix cum suis: Möge dieses Haus allezeit glücklich leben mit seinen Bewohnern. Eine Bitte um Segen an der Schwelle des Hauses.

NACH SÜDEN: DER ÖLBAUM

Es geht nach Süden durch die Sahelzone, die flache Uferzone zwischen Meer und Steppe: rotbraune, durchpflügte Erde mit sehr alten Ölbäumen. Kein Wald, sondern eine Ansammlung von Individuen, die Abstand halten. Ab und an ein Hirte mit Schafen, wenigen Ziegen, gelegentlich einem Esel. Immer wieder ein Mann, der auf einem Esel reitet und seine Beine rhythmisch gegen den Bauch des Tieres schlägt. Nahe am Meer Tamarisken. Sie sind der Nähe von Meer und Wüste angepasst, da sie eben auch salzhaltige Böden akzeptieren. In Algerien werden sie angepflanzt, um einem Wachsen der Sahara Einhalt zu gebieten. Böden versalzen, wenn in der Trockenheit Wasser von unten an die Oberfläche tritt und dabei Mineralien ausscheidet. Die Sahelzone wird geprägt durch den Ölbaum, durch Opuntie und Agave, die zu Heckenkolonien zusammenwachsen.

Olivenbäume sind charakteristisch für alle Länder um das Mittelmeer. Sie können Hitze ertragen, leiden allerdings unter dem Frost sehr kalter Winter. Van Gogh hat sie in der Provence eindrücklich beschrieben: »Es ist Silber, das mal ins Blaue, mal ins Grüne spielt.« Und er hat sie auch expressiv und überzeugend malerisch umgesetzt, ihnen den Charakter des den Stürmen des Lebens Ausgesetzten und sie Bestehenden verliehen. Das Holz des Ölbaums wächst langsam, streckt seine Äste aus wie Arme, die das Leben umfangen. Seine Rinde, in der Jugend glatt, wird zunehmend rigider, widerstandsfähiger. Je mehr die Zweige sich biegen und krümmen, je knorriger der Baum, umso höher die Ernte. Die Bewegung, das Sich-Krümmen, Sich-Winden, ihre Durchhaltekraft, machen sie zum bewundernswerten Vorbild einer Haltung dem Leben gegenüber. Ein Baum, der Härteperioden erträgt, Verletzungen hinnimmt und übersteht. Jeder Olivenbaum unterscheidet sich in seiner Körperlichkeit vom andern. Olive heißt im Arabischen aceite, Olive im östlichen Mittelmeergebiet kommt aus dem Griechischen.

Beeindruckend sein Alter. Es soll noch einige Bäume geben, die auf den Beginn unserer Zeitrechnung zurückgehen. Man hat Olivenkerne gefunden, die über 9000 Jahre alt sind. Seit etwa 4000 Jahren wird er kultiviert, zuerst wohl in Syrien und auf Kreta. Auch die Bibel erwähnt den Ölbaum an signifikanten Stellen. In Religion und Kunst, im Mythos spielt er eine große Rolle. Für die Juden stehen Ölbaum, Feigenbaum und Weinrebe für Wohlstand und Glück. Auch das Salböl ist Olivenöl. In der Zeit Homers wird das Holz des wilden Ölbaums wegen seiner Festigkeit zur Herstellung von Axtstielen genutzt. Athene und Poseidon treten in einen Wettbewerb, wer das sinnvollere Geschenk für die Stadt Athen beizusteuern habe. Athene gewinnt mit dem Ölbaum. Poseidon unterliegt. Von nun an ist der Ölbaum unantastbar. Der Ölzweig wird zum Symbol des Friedens. Besiegte, die um Frieden bitten, tragen Ölzweige in Händen. Noahs Taube kommt mit einem Ölzweig im Schnabel zurück. Der Garten Gethsemane ist ein Olivenhain. Paulus kennzeichnet das Verhältnis von Heidentum und Judentum mit einem wilden und einem edlen Ölbaum.

OPUNTIE

Die Opuntie ist ein Immigrant. Sie findet sich in den Mythen der Azteken und ist Teil des mexikanischen Wappens. Sie ist äußerst genügsam und kann Monate ohne Wasser auskommen. Ihre Früchte sind essbar, aber wegen ihrer Stacheln mit Vorsicht zu genießen. In den Mittelmeerländern gibt es breit angelegte Hecken aus Opuntien, die auch als Windfang dienen und dadurch verhindern, dass der Boden erodiert.

Auf dem Feigenkaktus, wie er auch genannt wird, wohnen auch die Koschenille-Schildläuse. Aus ihnen kann roter Farbstoff gewonnen werden. Der Farbstoff Karminsäure wird auch heute noch in kosmetischen Artikeln verwendet und als Lebensmittelfarbstoff. In der Antike ersetzte er den Purpur, der aus einer Drüse der Purpurschnecke gewonnen wurde und außerordentlich teuer war.

Opuntie

Feigenkaktus
stachelig und
widerspenstig
und trägt doch krönend
auf dem Scheitelgrate
Blüten und Früchte,
die im Runden
sich ergehen,
sich blühend öffnen
und zur Frucht sich wieder
schließen – die wiederum
die Stacheln stets
nach außen kehren
und innerlich die sanfte
Süße speichern.

Opuntie
in deine grüne Haut
geritzte Botschaft –
Chiffren von Befindlichkeiten,
die langsam wachsen
aus sich selbst und losgelöst
den Ursprung überdauern.

Wie die Graffiti an den Wänden
von El Djem, die unlesbar
Geheimnis bleiben, mehr
Schein als Sein, und dennoch
die Witterung der Zeiten
in sich bergend.

So anders Kressesamen,
der mit lockrer Hand gesät,
am Wegrand stumm und grün
von Liebe redet, und etwas später
dann der Angebeteten,
so hofft man doch,
als Speise mundet.

AGAVE

Die Pflanze kommt ursprünglich von den Antillen, dann aus Mexico. Das Wort kommt aus dem Griechischen und heißt soviel wie König, Held oder Adliger. Die Pflanze besteht aus großen Rosetten mit dickfleischigen Blättern, die an den Rändern mit Dornen bestickt sind. Nach Jahren bilden sie einen Blütenstand aus, der hoch in den Himmel ragt und sich von ihm grafisch als Ornament abhebt. Danach stirbt die Pflanze, bildet aber seitlich neue Triebe. Die Blätter sind faserig und können auch zur Gewinnung von Papier genutzt werden. Wie die Opuntie fungiert die Agave als Heckenpflanze, die auch Viehweiden von der Straße trennt.

Zwischen Sfax und Gafsa durchs Steppenland zieht sich seit 1942 die Mareth-Linie mit ihren Bunkern, Rommels Verteidigungslinie im Nordafrika-Feldzug. Hier startete er einen Überraschungsangriff auf die gerade in Casablanca gelandeten amerikanischen Truppen. 10 000 Alliierte fielen und 1 000 Deutsche. Dennoch musste sich das Afrikacorps am 13. Mai 1943 nach Sizilien zurückziehen. Das Führerhauptquartier wollte Rommels vernünftige Einwände nicht hören. 100 000 tote Soldaten. Dabei war die Zivilbevölkerung noch stärker betroffen. 1944 wurde Rommel verletzt. Am 14. Oktober 1944 kam er vor den Volksgerichtshof. Er wurde aufgefordert, eine Giftampulle zu schlucken und bekam am 18. Oktober 1944 ein Staatsbegräbnis.

Mittwoch, den 31. Mai 2006:

Wir sind im Grenzland zu Libyen. Es ist Libyens Einzugsgebiet. Dort haben sie eine stabile Währung und können damit hier billig einkaufen, indem sie ihr Benzin an den Mann bringen. Überall an der Straße finden sich Ansammlungen von Plastikkanistern. Es ist ein Notstandsgebiet Tunesiens. Man drückt ein Auge zu.

Nomaden sind die Angehöriger eines Hirten- und Wandervolkes. Im 16.Jh. aus gr.(lat.) nomás (nomádos) entlehnt, was soviel bedeutet wie: »Viehherden weidend und mit ihnen herumziehend«. Stammwort ist griechisch némein: teilen, zuweisen, also Weideland zuweisen. Es hat mit unserem Wort »nehmen« zu tun, taucht auf in Wörtern auf -nom und -nomie: autonom, Autonomie. Halbnomaden haben eine kritische, das heißt schwierige Lebensweise im semi-ariden Gebiet der Steppe.

MATMATA

In Matmata gibt es noch unterirdische, in die Erde eingegrabene Wohnstätten. Von der Straße aus sichtbar sind nur Palmen, Kamele und die Grabstätten der Marabuts. Es ist ein urzeitliches Wohnen. Um den Hof herum sind die Räume in die Erde eingegraben, Räume, die sich nur nach dem Hof hin öffnen, nirgends Fenster. Die Kette, mit deren Hilfe die Frauen bei Gefahr in den oberen Stock zu fliehen versuchten, eine Art Zopf der Rapunzel mit umgekehrter Absicht. Die grundlegenden Bedürfnisse der Menschen sind den Umweltbedingungen angepasst. Auch in Bulla Regia verlegte man die Sommervillen unter die Erde, eine allerdings weitaus komfortablere Variante.

Wir nähern uns der Oase Douz. Die Wüste, die allmählich sandig wird. Die Höcker der Kamele passen sich ein in die Unebenheiten der Wüste, die spärlichen Pflanzenreste. Farbliche Variationen von Beige, Ocker und lichtem Grün, keine stärkeren Farben. Darüber ein fast gleichfarbiger Dunst. Der Horizont verliert sich. Schafe und Ziegen verschwimmen in der sandfarbenen Gleichförmigkeit, auch die Zelte der Nomaden könnte man leicht übersehen. Diese Unterkünfte sind zweigeteilt, Männer und Frauen wohnen getrennt. Die Zelte öffnen sich nach Osten, zum Schutz vor Sonne und Wind. Die Männer geben Signale, wenn sie Essen wünschen, wenn ein Gast bewirtet werden soll.

Douz

Am Rande der Sandwüste dann: Kamele, Kamele, Kamele … soweit das Auge reicht. Sie stehen und liegen im Sand. Nur wenige Bewacher sind nötig. Das Dromedar trägt einen Höcker, das Kamel im engeren Sinne zwei. Der Mensch kann 5 % Wasserverlust hinnehmen, bei 10 % bekommt er Halluzinationen, Schmerzen, bei 20 % tritt der Tod ein. Das Kamel erträgt 25 % Wasserverlust, ohne dass es Einschränkungen hinnehmen muss. Es kann seine Körpertemperatur regeln, absenken. Die Wüstentemperaturen können nachts weit unter den Gefrierpunkt sinken und tagsüber über 40°C ansteigen. Die Höcker enthalten Fettvorräte und schützen den Körper vor der Sonneneinstrahlung. Ein Kamel kann innerhalb von 10 Minuten 135 l Wasser trinken. Das ist gut so, denn Trinken ist gefährlich, an Wasserstellen warten Raubtiere auf Beute.

Kamele nahe dem Horizont
in die karge Strenge der Steppe
eingepasst wie die Zelte
der Nomaden, Menschen
in der Landschaft ausgesetzt
und doch geborgen vor den Bergrücken,
die sich in Wellenlinien verströmen
wie versteinerte Bäche und
ihre Nacktheit bloßstellen.

CHOTT EL JERID

Am großen Salzsee leuchten die Salzkristalle auf, das Wasser erscheint leicht und rosa gefärbt. Die Salzwüste hat abstrakte Züge dank der Kristallisation. Sandrosen sind aus Barit und Gips, vom Wind geformt, wachsen sie bis zu einem Meter im Wüstensand. Sie bilden sich aus sulfatreichen Lösungen (Grundwasser aus einsickerndem Tau) in Hohlräumen des Sandes. Die Kristalloberflächen der Sandrosen sind meist mit feinsten Sandkörnern bedeckt. Oft sind Sandkörner eingeschlossen; diese bilden dann grobkristalline Formen und werden als Sandkristalle bezeichnet (Sandgips).

Von Salz gesättigt steht das Wasser
vom Rot des Wüstensands geprägt.
Weiße Kristalle schaffen Kanten
und sanfte Wellen spielen trügerisch
über erahntem Abgrund
gleißend im Mittagslicht.
Sandrosen keimen aus dem Nass,
Wüstenblumen aus Tautropfen
geboren, die der labile Grund
in seinen hohlen Räumen
zu kristallinen Blüten formt
in diesem spröden
Wüstengarten.

Tozeur – Stadt am Rande der grossen Sandwüste

Das Hotel feiert das Ornament mit üppigem Pflanzenwuchs. Die Zimmer sind um kleine Höfe gruppiert. Wir treten durch eine grüne Tür, über die ein schräger Schatten fällt. Der Gedanke an Scheherazades Geschichten ist unvermeidlich trotz einer Mischung aus normannischen Zinnen, arabischen und andalusischen Anteilen, dem türkischen Barock des Topkapi: ein Eklektizismus, der aber durchaus der wechselnden Geschichte des Landes entspricht. Die prekäre Lage am Rande der Wüste tut das Ihrige, um die Kontraste voll zur Geltung zu bringen: die kaum zu steigernde Üppigkeit eines Paradieses mit ornamentalen Formen, einem Überschwang der Farben und dieses Luxuselement von Wasser am Rande der großen Sandwüste.

Die Legende sagt, dass die Palme aus einem Lehmklumpen gemacht wurde. Sie möchte die Füße im Wasser und den Kopf ins Feuer halten. Die Echte Dattelpalme (Phoenix dactylifera), ist die Nutzpflanze der afrikanischen Oasen. Sie wird bis zu 30 Meter hoch und trägt nach etwa acht bis zehn Jahren die ersten Früchte. Sie wächst zunächst in die Breite, dann erst in die Höhe, so dass ihr Stamm überall einen etwa gleichbleibenden Radius hat. An Hand des Breitenwachstums kann man das Höhenwachstum bestimmen, ähnlich wie die Handwurzelknochen beim Kind seine spätere Größe voraussagen können. Die Palme hat nur Längsfasern. Ihr Stamm ist somit äußerst elastisch und kann Stürmen standhalten, knickt nicht ab, das ist wohl auch das, was an Schlangen erinnert. Allerdings ist ihr Holz deshalb auch nicht als Bauholz geeignet. Die unteren Blätter fallen ab, werden abgehackt. Da die männliche Pflanze keine Früchte trägt, kommt heute auf 50 weibliche Pflanzen eine männliche. Deshalb hängt man die männlichen Samenbüschel zwischen die weiblichen Fruchtstände. Zu diesem Behuf klettern junge Leute behände über die Sprossen der abgehackten Blätter hinauf in die Krone. Das gilt auch für die Ernte der Datteln. Eine Palme kann bis zu 120 Jahre alt werden.

Das Palmblatt richtet sich nach der Sonne aus, steht immer schräg zum Einfall der Strahlen. Der Palmzweig ist das Zeichen des Sieges. In Italien und Spanien legt man auch Palmzweige über die Särge der Toten. Ursprünglich bedeutet der Palmzweig Leben. Palma heißt Handfläche. Die europäische Zwergpalme hat gefiederte Blätter, ähnlich den Fingern einer Hand.

In den Geschichten des Sudanesen Tajjib Salich verkörpert die Dattelpalme die verlorene Ganzheit, die ursprüngliche Identität des Menschen. Sie steht für das Leben. Wer sie pflanzt, dem wird Glück teilhaftig. Wenn der Wind durch ihre Kronen streicht, sind die Menschen glücklich, so sagt man.

Palmen
vom Wüstenwind zerzaust,
gedörrt, zermürbt,
ausgeapert die Kronen,
Sternenschirme vor Himmelsblau
und aus der Mitte hängen schlaffe
ausgebleichte Bärte.
Und flinke Füße greifen zu und Hände,
die Samen an-, die Ernte einzubringen.

Und drunten schwatzen lebhaft
Feigenblätter mit schweigsamen
Bananenstauden in glatt
und grün plissierten Federröcken.
Und im durchsonnten Unterholz
streifen die Kindheitsschatten:
Ein kleines Mädchen tanzt
im Wechselspiel von Licht
und Schatten.

FAHRT ZU DEN WÜSTENOASEN CHEBIKA, TAMERZA, MIDES IN JEEPS

Wüstenoasen leben von ihrer jeweiligen Quelle, eine grüne Spur schafft eine Wasserrinne im Stein. Die Palme als Leitfossil. Erosion schafft Zeichnung, Struktur. Steinerne Abdrücke der Erdgeschichte, bloßgelegte Ge-Schichte, ein Cañon. Wasser bedeutet Leben. Oasen sind rettende

Inseln im Wüstenmeer. Die Pflanze aus der Steinritze: so wenig Humus schafft Leben. Überschwemmte Lehmhäuser in Auflösung begriffen. Im Vorgang eines natürlichen Recycling verwandelt sich Kultur zurück in Natur. Einzig die Gräber der Marabuts werden erhalten. Der Kubus, die Erde, und die Kuppel, der Himmel, leuchten weiß herüber, heben sich ab von der erdfarbenen, versinkenden Umgebung: *baraka.*

Palmkronenigel
folgen der Felsscharte:
unerwartetes Grün.
Wasser durchbricht den Stein,
fällt in ein stummes Becken
und läuft als dünner Faden
in die Wüste aus.
Unsere Schritte klammern,
folgen der Wand,
die sich über uns beugt
Höhlengeborgenheit bietend.

Eine einzelne Pflanze wurzelt
in einer feuchten Ader
unter dem Stein.

In der Ebene über dem
ausgetrockneten Fluss
die verlassenen Lehmhütten.
Ton in Ton kehrt die Zivilisation
in den Naturzustand zurück.
Nur die weißen gekuppelten Kuben
der Marabuts werden aufrechterhalten.
Ehre wem Ehre gebührt.

Jenseits des Tales
schwingen die Erosionslinien
der Höhenzüge auf und ab
wie erste Schreibübungen eines gelehrigen Schülers,
der sein Handgelenk lockert und
jegliche Begrenzungen außer acht lässt.

Lange Wege führen durch ein Gebiet, das durch den Abbau von Phosphat charakterisiert ist. Eine verwundete Steppenlandschaft, der die Tränen fehlen. Dazwischen noch unversehrte Landschaft in Steppenfarben, lichtgrüne Moose und Flechten leicht schimmernd wie Seide, es hatte geregnet.

GAFSA

Homo sapiens

Der homo sapiens
lebt mit der Erkenntnis
seiner prekären Lage,
die ihn als soziales Wesen
zur Kooperation verpflichtet,
Liebe ermöglicht und doch
auf der Individuation besteht,
auf der Einsamkeit des Einzelnen
im Hinblick auf seinen
und des anderen Tod.

Die Gegend um das heutige Gafsa war schon vor 15 000 Jahren bewohnt. Bis ins 4. Jahrtausend reicht eine Kultur, die man, ausgehend von Gafsa / Capsa, Capsienne bezeichnet. Hier hat der Homo sapiens sapiens Felsbilder hinterlassen, steinzeitliche Artefakte. Der Sonnenuntergang taucht die nackten Bergrücken in dunkles Rot. Hier geht heute die Steppe in die Steinwüste (Hamada) über. Von hier kam der moderne Mensch. In der Steinzeit war das Klima anders als heute. Damals war die nördliche Sahara feuchter und wildreicher, so dass der Mensch Nahrung fand und überlebte.

In Gafsa sind wir dem frühen Menschen nahe. Es waren die Vorfahren der heutigen Berber. Sie ließen sich in der Nähe eines Flusslaufes oder eines Bergrückens nieder. Es war Steppe, Savanne, und noch gab es auf den Höhen riesige Wälder. Domestizierte Schafe und Rinder dienten ihnen als Nahrung.

Das Hotel hat die Außenanlagen eingegrenzt durch Löwen aus Stein in fast unendlicher Reihung, ein kitschiger Prunk, der dennoch an diesem Abend eine gewisse Berechtigung erlangt. Auch ein aus industrieller Massenproduktion stammender Löwe bleibt das Abbild dieses königlichen Tiers, lässt Größe anklingen. Hier muss sich die fortschreitende Evolution spektakulär ereignet haben. Ein in intensiven Rottönen leuchtender Sonnenuntergang korrespondiert mit der Morgenröte unserer Gattung: Homo sapiens sapiens.

Es ist der Morgen, die Zeit des Sonnenaufgangs, der mich ins kalte Wasser des Pools treibt, wo mich der Blick auf das Urzeitliche des erodierten Steins der angrenzenden Bergkette gefangen nimmt, wo die gerade erst über den Horizont getretene Sonne lange Schatten wirft, die in einem leicht variierenden Rhythmus sich in die Bildfläche schieben. Die Bergkette, jeglichen Bewuchses beraubt, zeigt in ihrer Nacktheit eine Art von Messlattenmarkierung der Jahrtausende. Palmen berühren aus meiner Perspektive den nackten Stein der Bergkämme, deren Schatten wie dunkle Zungen auf das Rot des Felses fallen. Aber es ist nicht nur die Kälte des Wassers, die mir Schauder über den Rücken jagt. Die Spanne des menschlichen Lebens erscheint als Maßeinheit, die weitgehend zu vernachlässigen ist.

Die frühe Welt des Nomaden
und die Bilder der Schrift

was wichtig war
wird in Höhlenwände geritzt
wird zum Abbild im Fels:
das Zelt, die aufgeklappte Plane,
Tiere, der göttliche Stier,
die Beute der Jagd,
und das Werkzeug,
vom Menschen Auge und Hand,
der Rücken des Kamels,
das die Last trägt
und das Wasser,
das Zeichen des Kreuzes,
die Basis der Orientierung.

was wichtig war
wird zum Zeichen:
das Abbild wird zur Chiffre,
indem Teile zum Ganzen
sich bilden, Ballast abwerfen
von der Erzählung,
aus Eckigem wird Rundes,
während sich Achsen drehen,
verschieben.
Neues wird analog erfunden.
Einmal auf den Weg gebracht,
wachsen die Zeichen zum System:
das Alphabet ist geboren.

Freitag, den 2. Juni 2006:

Die Limeszone ist keine starre Front, schon gar nicht gekennzeichnet durch einen Grenzwall wie den südwestdeutschen Limes, den britischen Hadrianswall. Sie ist eine Kontaktzone zwischen der römischen Zivilisation und der Welt der Nomaden. Kaiser Septimus Severus hat sich ausgekannt in dieser Region. Er war Afrikaner. In diesem Bereich wurde der Handel nach Innerafrika kontrolliert, wurden Wasserstellen gehütet,

114

Schafherden jahreszeitlich von einem Teil des Landes in den anderen geführt (Transhumanz). Hier taten vermutlich römische Soldaten Dienst, die auch in Mitteleuropa gedient hatten, ähnlich dem Aalener Reiterpräfekten.

Blauer Himmel, kühle Temperaturen. Zu den Ölbäumen, die die Palmen ersetzt haben, gesellen sich jetzt Apfelbäume. Akazien und Eukalyptus säumen die Straße. Agaven und Opuntien bilden Hecken, hinter denen Schafe weiden und Ziegen. Denn zu jeder Schafherde gehören Ziegen, die weniger leicht einzuschüchtern sind und die furchtsamen Schafe bei der Stange halten.

SUFETULA / SBEITLA

Die Ausgrabungen geben sich blumig. Üppig blühen Oleander und Malve vor den römisch-punischen Ruinen dieser Stadt in der Ebene. Es ist wieder hochsommerlich warm, und wir sind schattenlos der Sonne ausgesetzt. Wir treten ein durch das Triumphtor des Diokletian aus dem 3. Jh. n. Chr., vorbei an Thermen, einer alten Ölmühle, den Säulenresten eines alten Brunnens, wesentlichen Bestandteilen römischen Lebens. Das kleine Theater ein wenig abseits am Flussufer. Die bunte Blumenpracht lenkt ab von den alten Mauern, indem das ästhetische Empfinden eine außerordentliche Befriedigung erfährt. Aus dem leicht abschüssigen Gelände ragen die Tempel der kapitolinischen Trias heraus: Drei separate Tempel für Jupiter, Juno und Minerva, die den gut erhaltenen Komplex des römischen Forums beherrschen. Zwischen mächtigen Säulenschäften und wunderbaren Kapitellen, die wie Altartische sich behaupten, blüht der Granatapfelbaum. In Sufetula hinterließ das frühe Christentum mächtige Kirchen, die nun gleichberechtigt zwischen den Resten des alten Rom und mit diesen verschwistert erscheinen.

Auf den punischen Stelen des kleinen Museums finden sich Bilder der Fruchtbarkeit, Granatapfel und Traube, das Füllhorn des Wohllebens.

Wir nähern uns dem regenreichen Nordosten Tunesiens. Ein Wald aus Steineichen und Korkeichen, ansonsten eine liebliche hügelige Landschaft. Die Wolkenbildung wird dramatisch. Regen kündigt sich an. Aïn Draham ist der Ort mit der höchsten Niederschlagsmenge Tunesiens. Es ist eine regenreiche und daher tiefgrüne Zone, die mehr Niederschläge erhält als der Schwarzwald, und die regen- und dunstverhangen an diese mitteleuropäische Gegend erinnert. Nur dass zwischen all dem immer noch Palmen stehen. In Hammam Bourgiba erholte sich auch der Staatspräsident dieses Namens. Es ist kühl und grau. Vom Hotelzimmer blicken wir in einen Laubwalddschungel. Wir ertrinken im Grün, schattenlos ohne lichte Blicke, die grüne Lunge Tunesiens.

Samstag, den 3. Juni 2006:

Bulla Regia

In Bulla Regia, der Stadt der numidischen Könige, regnet es. Als die Sonne hinter den Wolken transparent wird, leuchten die abgeernteten Felder hell gegen den dunklen Himmel. Das Wasser, das ein Einheimischer über die Mosaiken gießt, hilft die Kontraste herauszuarbeiten. Es sind die Tiere der Gegend wie Hasen, verschiedene Vögel, Ente und Pfau, die Gazelle, das Wappentier Tunesiens, aber auch exotischeres Getier. Der Blick von oben ins Atrium der luxuriösen Residenzen, lässt deren Isolierung gegen extreme Temperaturen durch hohle Steine sichtbar werden. Unter den Kapitellen hält sich eine schummrige Kühle. Inzwischen scheint wieder die Sonne. Die Herrin des Hauses mit (nur) einem blauen Auge wetteifert noch immer mit Amphitrite, der Tochter des Nereus.

Die Kornfelder schimmern nun in hellem Silber, und Ton in Ton breitet sich die frisch gepflügte Erde über das flach gewellte Land. Die Ölbäume sind nun von Koniferen eingefasst. Disteln beherrschen die Vegetation. Wolken kumulieren vor zartblauem Himmel. In der Ferne verblauen die Berge.

SIMITTHU / CHEMTOU

Die Ausgrabungsstätte wird betreut vom deutschen archäologischen In-
stitut in Rom. Darum sind die Texte im Museum auch auf deutsch zu
lesen.

Da geht es um die Sprache: Was sprach man in Alt-Chemtou? Es war das
Libysche oder Altberberische. Diese Sprache gehörte zur Sprachgruppe
des Hamito-Semitischen (Sem und Ham waren nach dem Text der Bibel
Söhne Noahs.) Zum Semitischen gehörten u.a. das Phönizisch-Punische,
das Hebräische, das Arabische; zum Hamitischen das Altägyptische und
Libysche, von welchem die heutigen Berberdialekte abstammen.

Die Marmorsteinbrüche: Von Blau-Weiß über Rot und Grün zu Gold
reicht die Farbskala der Kaiser-Steinbrüche. Chemtou vertritt die Grund-
farbe Gold. Der Dichter Statius schreibt im späten 1. Jahrhundert n. Chr.:
»Hier gleißt der Numider goldblonder Fels.« So werden nüchterne Römer
hymnisch beim Anblick des Chemtou-Marmors. Derselbe Dichter sagt
über den Stein: »Derart glänzt nur das in den goldgelben Steinbrüchen
Numidiens gewonnene Purpurgestein.« Wo Natur zugleich Kunst ist und
ihre Zeichnung und Lineatur perfekte Abstraktion.

Was weiß man über die Götter im römischen Simitthus: Es herrschte
ein bunter Götterhimmel, der getreulich die sozialen Bevölkerungsgrup-
pen der Gegend in den Kulten widerspiegelte. Aus seiner numidischen
Vergangenheit hat Simitthus die afrikanischen Gottheiten Baal-Saturn,
Tanit-Caelestis und numidische Götter geerbt. Ihre Heiligtümer befan-
den sich auf einem Tempelberg. An seinen Hängen finden sich Dutzende
von Felsreliefs. Belegt ist auch die Verehrung von Jupiter, Apollo, Merkur
und Mars. Der eigentliche Stadtgott war wohl Mars. Daneben war auch
die Verehrung des Kaiserhauses sehr populär, vor allem die sozusagen
afrikanische Dynastie der Severer. Unter den Soldaten wurde Mithras
verehrt. Dazu gab es Ortsgötter, die den Steinbrucharbeiter bei seiner
gefahrvollen Arbeit beschützen sollten.

Die Landschaft ist geprägt vom Fenchel, der Pflanze, die im Kult des Dionysos den Thyrsostab abgab, und von blauen Disteln, die von einem kleinen blauen Schmetterling, der bestens angepasst ist, besucht werden.

THOUGGA / DOUGGA

Das römische Theater hat ein Bühnenhaus. Das griechische gestattet den Blick in die Ferne, bezieht die Landschaft mit ein. Hier wäre der Ausblick großartig gewesen, er ist es jetzt, wo das Bühnenhaus ohne Wände den Durchblick einrahmt wie etwa auf einem Bild von Claude Lorrain, das klassische Landschaft mit dem Mythos zusammen inszeniert und in einen Rahmen stellt. Auf dem Forum eine kopflose Statue: Menschen erscheinen austauschbar. Was bleibt, ist namenlos. Darüber das Wolkenspiel, das in stetem Wandel sich gleich geblieben ist. In lichtem Ocker erstrecken sich die abgeernteten Felder weit hinaus in die Ebene. Wir sind hier am späten Nachmittag, wo die Lichtwirkung außerordentlich ist und in Konkurrenz treten kann zu der Gewitterdramatik von vor sechs Jahren, die stärkere Töne hervorbrachte, wo Wind und Kälte einem härter ins Gesicht bliesen.

Licht und Schatten geben dem römischen Pflaster die Tiefe eines Reliefs aus unregelmäßigen Formen, und die Vorstellung, wer mit welchen Gedanken, Absichten, Kümmernissen darüberging, gibt ihm etwas Erhabenes, das ja immer auch verbunden ist mit eigener Demut.

Der große Massinissa starb in Dougga, und man würde sich freuen, wenn das auffallende Grabdenkmal das seine wäre. Dem ist aber nicht so. Es wurde für einen Zeitgenossen Massinissas errichtet mit Namen Ateban. Er muss bedeutend gewesen sein, wie käme er sonst zu einem dreistöckigen und 21m hohen Turmgrabmal. Anhand einer zweisprachigen punisch-numidischen Inschrift gelang es, die von den Numidern erfundene Libysche Schrift zu entziffern, eine Vorform der Tifinagh-Schrift, die heute noch von den in der Sahara lebenden Tuareg verwendet wird.

Die Gestaltung des reliefgeschmückten Bauwerks zeigt hellenistische und ägyptische Einflüsse. Ein sechsstufiges Untergeschoss trägt einen quadratischen Sockel, der an den Ecken Pilaster mit äolischen Kapitellen aufweist. Drei Stufen tragen das zweite Stockwerk, das durch kannelierte, ionische Halbsäulen gegliedert ist. Weitere drei Stufen führen zum dritten Stockwerk. Ein pyramidenförmiges Dach schließt das Mausoleum ab.

Über die abgeernteten Felder werden Schafe und Ziegen getrieben, auch eine Kuh. Ein Wolkenkranz fasst den Horizont ein. Das schräge Licht versilbert die ockerfarbenen Felder in der Ferne, wo sie ein dunkler Bergrücken begrenzt.

In Dougga lässt Cicero den jüngeren Scipio träumen (Somnium Scipionis).

Scipio Africanus Minor (den Ehrentitel hat er zu diesem Zeitpunkt noch nicht) tritt 149 v.Chr. seine Stelle als Legionskommandeur in Afrika an. In der einleitenden Erzählung trifft er auf den alten Massinissa, der den Enkel des verehrten Freundes und Kampfgefährten im 2. Punischen Krieg geradezu enthusiastisch empfängt. Bis in den späten Abend hinein erzählt Massinissa, der König der Numidier, von den alten Zeiten.

Der jüngere Scipio träumt in dieser Nacht. Ihm erscheint der Großvater Scipio Africanus, an den er, als Zweijähriger adoptiert, keine Erinnerung haben kann. Was er kennt, ist ein Abbild der Wachsmaske des Verstorbenen. Africanus prophezeit ihm die Erfolge, Aufgaben und die mit diesen gekoppelten Gefahren, die vor ihm liegen. Er zeigt ihm Karthago aus der Milchstraßenperspektive, die Stadt, die Scipio drei Jahre später zerstören wird.

Der Lohn des Vaterlandes sei ein ewiges, seliges Leben. Sein leiblicher Vater Aemilius tritt dann auf und bestärkt ihn in der Auffassung, dass man sich seinen Verpflichtungen in dieser Welt zu stellen habe. In einem zweiten Gespräch mit Africanus, vermittelt dieser ihm eine Weltsicht, die den Kosmos mit einschließt. Daraus leitet er die Nichtigkeit des irdischen Ruhmes her, die Kürze des Menschenlebens gegenüber den kosmischen Dimensionen, dem kosmischen Jahr, das die Umlaufzeiten aller Gestirne umfasst und so unvergleichbar ist mit den dem Menschen zur Verfügung stehenden Zeiträumen. Die Erde und mit ihr der Mensch stehe still, habe Anfang und Ende.

Die Gestirne aber seien in ewiger Bewegung und somit unsterblich. Man fühlt sich an Goethes Faust erinnert. Er übernimmt dann den platonischen Begriff der Unsterblichkeit und als beste Voraussetzung dafür den Einsatz für das Wohl des Vaterlandes. Wer schon auf Erden die Seele vom Körper löse, kehre leichter in sein eigentliches Vaterland heim. Daraufhin erwacht Scipio.

Sonntag, den 4. Juni 2006:

HAMMAMET

Weiße Bilderbuchstadt am blauen Meer. Zwei hohe Palmen wetteifern mit einer Straßenlaterne um die gebührende Rahmung, wobei die Laterne zwergenhaft klein und im Sonnenlicht in Bedeutungslosigkeit versinkt. Friedhöfe, der muslimische zeigt Grün und gelegentlich Blumenschmuck. Die Nachbarschaft der kleineren christlichen Begräbnisstätte blieb offensichtlich nicht ohne Einfluss.

Am Hafen halten junge Männer über einen Bootskörper gebeugt ein Schwätzchen. Allmählich erwacht das Leben in der Medina. Händler säubern das Pflaster mit Wasser. Noch halten sich die Aufforderungen zu kaufen in Grenzen. Die Nebengassen verlocken und führen in verwinkelte Bereiche. Hier gibt es keine rechten Winkel. Ein labyrinthisches Wohnen verbirgt sich hinter hübsch dekorierten und bepflanzten Eingängen. Farben und der morgendliche Schatten tun das ihre. Dem Fremden dient die Sonne zur Orientierung, ersetzt den Faden der Ariadne.

MENZEL TEMIME

Im punische Friedhof Sidi Salem befinden sich Gräber aus dem 5. und 2. Jh. v. Chr. Sie sind auf einer Anhöhe über der Stadt in den weiß-grauen Kalkstein geschnitten. Man steigt steile Treppen hinunter und kommt in Grabkammern, wie man sie von den Etruskern kennt. In diesen Gräbern wurden Zeichnungen in einem roten Ockerton gefunden. Eine Darstellung der Tanit und des Baal in zwei Dreiecken übereinander, die zu einem Rautenmuster in einer unendliche Reihe auf halber Höhe über die Wand laufen.

Es gibt auch Darstellungen von Vögeln und andere nicht leicht zu entziffernde, reduzierte Zeichen. Über die Öffnung des Grabes wurde eine Steinplatte gelegt. Man denkt an das Grab Christi.

KERKOUANE

Vom Wind umtost, von einem tiefblauen Meer umspült wird die einzig erhaltene punische Siedlung. Sie wurde nicht zerstört, nicht überbaut von den Römern wie Karthago. Die Stadt war nicht von solcher Bedeutung und wohl etwas zu ausgesetzt den Angriffen vom Meer her, und ohne Hafen. Da liegt sie nun sauber in ihren Umrissen, ihren Grundmauern. Alles ein wenig ungenau, unregelmäßig, gekrümmt, was die Grundrisse der Häuser und Straßen anlangt. Auch gibt es einige kleine Plätze und nicht den großen Platz wie bei den Römern mit Forum und Markt. Wohl sind die Häuser nach innen gekehrt mit einem Patio, einem Innenhof, der aber nicht rechteckig sein muss und keinesfalls einem Atrium gleicht. Man betritt das Haus und gelangt in einen Flur und steht immer noch draußen, denn der Einblick in den inneren Bereich ist verwehrt. Wie später in den Häusern der Berber wird der Fremde auf sich selber zurückgeworfen, vielleicht hätten auch die Punier damals schon Spiegel aufgestellt, die das mögliche oder vermeintlich Böse zurückgeworfen hätten. Jedenfalls kommt man erst durch eine Biegung ins Zentrum des Hofes, der recht klein sein kann und auch noch nicht den Überblick verschafft. Oft gibt es dunkle Räume, die vom Wohnraum abbiegen und wohl auch mit Teppichen verhängt werden konnten. Dahinter vermutet man den Bereich der Frau, der dem Harem entspräche, der der Frau, den Frauen eine Privatsphäre ermöglicht. Da die Grundrisse so sehr variieren und sie kaum architektonische Strenge oder Klarheit zu ihren hervorstechenden Merkmalen rechnen, wird der Besucher sich nicht gleich zurechtfinden. Diese Verwinkelungen und krummen Gänge erinnern mich ein wenig an das ins Mittelalter zurückgehende Haus meiner Kindheit, wo es auch dunkle Zimmer gab, die meist nur noch als Abstellräume genutzt werden konnten und die viel Wohnraum verschenkt haben. Es war ja nicht nur das Licht, das fehlte, einschneidender empfinden wir heute die mangelnde Frischluft. Die Räume waren mit hübschen Böden ausgelegt aus einem Gemisch von Kalk, Sand, klein geschlagenen roten Töpferscherben und manchmal einer aus weißen Mosaiksteinchen gelegten Tanitfigur auf der Schwelle. Es gab Sitzbadewannen, wo die Punier ihre Waschungen verrichteten. Möglicherweise ging es dabei nicht allein um Säuberung, sondern um Reinheit, die eine religiöse Komponente gehabt haben könnte, wie wir das ja auch heute noch im semitischen Raum, im Judentum, im Islam finden. Eine leichte Abschüssigkeit des Bodens an der Raumseite ließ das Regenwasser aus dem Innenhof abfließen. Man vermutet Wandschränke, die die Funktion der reich verzierten Kisten der Berberdamen von heute erfüllten. Überhaupt geben uns die Höhlenwohnungen von Matmata einen Begriff von der Einrichtung und dem damit verbundenen Alltag der Bewohner.

Sonntag, den 4. Juni 2006:

Die Schwalben schweben gekonnt ihre Kreise auf der Höhe des 7. Stockwerks unseres Hotels. Eine Sommerbläue liegt über der weißen Stadt. Zwischen der Kathedrale und der Ölbaummoschee werden wir später durch die winkligen Gassen des Souk schlendern und über die breiten

Boulevards der französisch inspirierten Großstadt.

Es gilt Abschied zu nehmen. Im Vorhof der Zitouna-Moschee scheint die Zeit stille zu stehen, der Lärm der Medina zu verhallen. Noch einmal die Atmosphäre der Großen Moschee von Kairouan und beim Hinausgehen auf die überdachte Galerie der Blick auf die Auslagen der Händler, das kunterbunte Kaleidoskop des Maghreb. Dann führt der Weg zurück durch die engen Gassen, die Einblicke zulassen in andere enge Gassen, die dann den Blick freigeben zu farbigen Türen und Torbögen – und dann möchte man doch gerne glauben an die Märchen von 1001er Nacht.